媽媽的
畢業紀念冊
鐘曉彤◎著
封面插圖◎超感

人物介紹：

許佑寧　新新國小六年級學生　12歲　男

最討厭讀書，但由於有游泳專長，擔任游泳校隊隊長，在丁班有「瞌睡蟲」之稱的小帥哥。

簡婉茹　新新國小六年級學生　12歲　女

丁班的班長，家裡開肉舖的用功女生，在班上成績僅次於胡復凱，同時也是胡復凱的暗戀對象。非常有正義感的她，將丁班的秩序管理得有條不紊。

胡復凱　新新國小六年級學生　12歲　男

學校訓導主任的小孩，從小接受斯巴達教育，是丁班每個學期的第一名，也是畢業生模範生候選人。他和許佑寧兩人一塊兒長大，關係卻是亦敵亦友，因為他欣賞許佑寧為人直爽，但又看不慣許佑寧明明書唸得不怎麼樣，卻很受到同學們歡迎。

陳芳芳　宜家裁縫店老闆娘　35歲　女

許佑寧的母親，學歷初中肄業。擁有一雙巧手，繼承家裡的裁縫店後，店裡的生意因此更好。非常辛勤的工作，一方面為了養家，另一方面也為了長年在台北唸博士、做研究的先生。

目次

第一章 游泳池的老大

媽媽的畢業紀念冊

「嗶……」

體育老師哨子一吹，新新國小六年丁班穿著泳褲和泳衣的孩子們全部到游泳池畔列隊站好。

體育老師身上有六塊腹肌，總是對自己的體格引以為豪。夏天的尾巴已經到來，大家才剛向暑假道別，新的學期已迫不及待的向新新國小的孩子們報到。本來難以平靜的一顆心，隨著第一次段考結束，大家又找回讀書的步調。

「你躲什麼躲，給我站出來！」體育老師對隊伍最末端，一位戴著厚重銀邊眼鏡，身材瘦小，頂著一顆馬桶蓋髮型的男生大聲叱喝。

胡復凱把眼鏡往鼻樑頂上推，但無論他怎麼推，眼鏡都會從那顆蒜頭鼻上滑下來。他只是想要讓自己感覺有自信一點，雖然兩條腿早就已經不聽使喚的在發抖。

體育老師見胡復凱一副畏縮的樣子，皺眉說：「你怎麼了？大熱天的能夠下水游泳應該高興才對？你怎麼反倒愁眉苦臉的？」

「老師……我……我不會游泳。」胡復凱小聲說。

「什麼！」體育老師詫異的說，跟著吼道：「不會游泳算是個理由嗎？奇怪，以前你每個年級的體育課難道都沒有老師教你游泳嗎？」

每一年體育課都會上演的戲碼，旱鴨子胡復凱和諸位體育老師在泳池畔的求饒記。

「好吧！就算不會游泳，至少也得給我下水在池邊打水。」說完，體育老師又對其他學生說：「其他不會游泳的同學也一樣，都給我練習打水。」

胡復凱確實不是班上唯一不會游泳的孩子，但其他孩子因為胡復凱的關係，都得以逃過必須學會游泳的命運。因為胡復凱的父親不是別人，正是新新國小的訓導主任。大家都說，胡主任不久之後就會當上校長，也因為這樣，老師們一般都不大敢對這位訓導主任家的公子大呼小叫。其他不大會游泳的孩子們，就這麼跟著胡復凱，得到被默許不用非得學會游泳不可的特權。

體育老師看了看其他同學，眼神望向一位長相有點原住民味道，體格曬出

小麥色的精壯男生，說：「佑寧，麻煩你等一下幫忙老師，看哪些同學需要指導的，你從旁協助。」

「是！」許佑寧大聲回答。

體育老師又轉頭望向一位有著一雙水汪汪大眼睛，兩頰有些許雀斑的小女生，說：「婉茹，妳身為班長，也希望妳可以好好幫助一些對游泳還不是那麼熟練的女同學。」

簡婉茹點頭，說：「我會的，老師。」

游泳池畔，體育老師帶大家做完體操，孩子們快快樂樂的跳下水嬉戲。游泳好像是一種沒有規則的遊戲，孩子們可以盡情的在水面上、水面下四處游動。連平常大家早就玩到膩的捉迷藏，也因為用游泳的方式進行而又變得有趣起來，除了胡復凱。

泳池中間深度最深的水道，一般孩子都不會在這條水道上游泳，只有一個人例外。

許佑寧戴上泳鏡，在池壁的出發台上拉拉筋骨，擺好姿勢，跟著一躍而下。

跳入水中，許佑寧好像變成一隻海豚，在水道的中心線以飛快的速度前進，一開始先游了一段蛙式，在觸碰到另一端池壁後回身，改成捷式。孩子們看到許佑寧在泳池中俐落的泳姿，都不禁停下原本嬉戲的活動，好像在欣賞一場體育表演。

體育老師在岸邊一面看、一面點頭，為許佑寧默默叫好：「佑寧這孩子真不簡單，一年比一年進步。看來今年縣運游泳項目獎牌，又是我們學校的囊中物。」

胡復凱在池邊打了一陣子水，就起來到池旁的觀眾席坐著，拿出一本英文會話課本讀了起來。他見到大家對許佑寧讚嘆的神情，不以為然的小聲說：「哼！有什麼了不起的。」

和胡復凱感情很好的莊大頭和許小華從池中起身走過來，許小華對胡復凱

說：「阿凱，下來跟我們玩嘛！」

「我今天回家還要上英文課，不行啦！」胡復凱指著手中的英文課本說。

莊大頭說：「小華，你不要打擾阿凱，人家以後可是要考台大的咧！」

「考台大，等到高中再煩惱就好啦！」許小華說。

「這可不行，我爸爸說想要考上台大，一定要從小時候就很認真才有辦法考得上。」胡復凱對許小華正經的說。

「也是啦！聽說考上台大的學生，每個都從小就是全班第一名。」許小華說。

「阿凱你沒有問題的，你也是從小就第一名。」莊大頭說。

胡復凱和兩位好友正在瞎聊，從無聊的功課慢慢聊到最近火熱的電視卡通。正當三位男生沉浸在無敵鐵金剛昨天又打死了哪隻怪獸的話題中，身為班長的簡婉茹走過來，雙手叉腰看著他們。

「胡復凱、莊大頭、許小華，老師剛剛說的話你們沒有聽見嗎？會游泳的

快點下去游泳，不會游泳的到池邊練習打水。你們坐在這邊聊天，小心老師等一下過來罵人。」

許小華和莊大頭互看一眼，都笑了出來。莊大頭對簡婉茹說：「班長，妳又不是不知道胡復凱爸爸是誰，老師不會罵他的啦！」

「那你們兩個明明會游泳，幹嘛不好好待在游泳池裡頭上課？」簡婉茹懶得理會胡復凱，對另外兩人說。

「我們就是要聊天，不然妳要怎樣！」許小華挺著胸膛對簡婉茹說。

「好吧……」簡婉茹一副像是打了敗仗的公雞，但她往後退了兩步，突然往前衝，然後抓著許小華和莊大頭的泳褲腰帶往游泳池跑去。

平常兩個男生的力氣當然大過簡婉茹一位小女生，可是他們都怕被簡婉茹這樣一拽會把泳褲給拉掉，誰也不敢用力。

到池邊，簡婉茹給許小華和莊大頭屁股一人一腳，把他們踢進水裡。

「噗通、噗通！」兩個男生掉進水裡，然後從水裡冒出頭對簡婉茹叫道：

「兇巴巴的臭老太婆，小心以後嫁不出去！」說完還不忘對簡婉茹做鬼臉。

簡婉茹的好姊妹走過來，為她抱屈，同時也勸她：「婉茹，妳幹嘛去惹那些臭男生，小心他們用些惡作劇的點子作弄妳。」

「有什麼關係，班長就是應該維護秩序，更何況這些臭男生各個都需要有人好好管他們才行。」簡婉茹斬釘截鐵的說，她可不在乎會被男生欺負什麼的。實際上也沒有男生敢欺負她，簡婉茹有「雀斑小辣椒」的封號，就跟許佑寧是全校知名的游泳校隊王牌，胡復凱是訓導主任的第一名兒子，三人都是學校裡無人不知、無人不曉的風雲人物。

許佑寧來回已經游了五百公尺，才從泳池中爬起來，就看到胡復凱和簡婉茹兩邊人馬互相向對方發射討厭的電波。他看了覺得有點好笑，自己從三歲開始就會游泳，對於不會游泳的人他很難想像那是什麼樣的情況。但就像自己遇到數學就不懂，他對於不會游泳的人也沒有瞧不起的意思。

瞥見體育老師正在指導幾位同學游泳，看來已經放棄對胡復凱他們的教

學，許佑寧不喜歡這種感覺。

「沒有孩子喜歡被老師放棄。」許佑寧一直這麼認為，雖然自己上課的時候很笨，但至少老師們都不會放棄對自己的指導。他自己也是，不會的東西，只要努力多練習就會好了。雖然自己數學考不到七十分，但至少每次都能考到六十，也算是能給老師和爸媽一個交待。

「胡復凱。」許佑寧輕輕拍了一下胡復凱的頭，對他說：「我教你游泳吧！」

「我不用你雞婆。」

「何必呢？學會游泳有好處的。以後出去玩，不管遇到小溪、還是大海，你都可以盡情的下去玩樂，有什麼不好？我會很有耐心的教，你放心。」

「這……」胡復凱其實有點心動，他也不喜歡逃避的自己。

這時簡婉茹見許佑寧熱心，附和說：「許佑寧，還是你最熱心了。」然後用有點命令式的口吻對胡復凱說：「胡復凱，你可要好好把握這個機會。人家

許佑寧可是縣賽游泳冠軍，很多人想要給他教還排不到呢！」

被這樣教訓一番，還被全班成績倒數幾名的傢伙比下去，胡復凱本來想要學游泳的心一下子轉為憤怒。他不高興的說：「會游泳了不起喔！」拿著書，走到看台的另一端。許小華和莊大頭對許佑寧和簡婉茹做了鬼臉，代替好友表示抗議，也跟了過去。

許佑寧好心被潑了冷水，也覺得很無奈，幸好他的個性大而化之。對簡婉茹聳聳肩，再次跳下泳池中。

第二章

阿嬌姨的新衣裳

拎著用粗麻袋做成的書包，許佑寧小跑步回到家。說是家，許佑寧一家住的地方，同時也是媽媽工作的地方。

低矮的平房，紅色的屋瓦因為長時間風吹日曬而顯得暗沉。漆著淺藍色的油漆，僅有警示卻無實質阻擋作用的圍籬，上頭掛有一個綠色的信箱，以及一塊吊牌，寫著「宜家裁縫店」，底下還有一排小字——「修改、訂製服裝」。

許佑寧照慣例打開信箱，檢查裡頭有沒有信件。

信箱中躺著一封信，許佑寧拿出來，見信封上寫著的字，驚呼：「爸爸的信。」

家庭洋裁坊，在女人普遍被認為不適合拋頭露面的時代，這是展現媽媽手藝，又能為家裡帶來一份收入的工作選擇。幾乎每個眷村中，都會有幾間這樣的手工裁縫店，由那些手藝精巧的媽媽們開設。

每到有孩子要上小學、中學，這些媽媽的活兒一下子多了不少。為孩子們修改衣服，這是一件令人開心的事。畢竟沒有什麼比得上看到孩子一天天長

大、一天天獨立，更讓父母覺得自己辛苦的養育有了實質的回饋。

其它時間，像是街坊有人家的孩子要娶媳婦，身為未來婆婆的肯定要訂製一套合宜又美觀的旗袍，更要替媳婦做一套端莊華麗的嫁衣，而男方自然也少不了體面的西裝。

只是隨著家境不同，選擇的料子會有點不同，但都同樣為了一場人生的盛會。

隸屬於新新國小校區的白羊鎮，許佑寧的母親陳芳芳是鎮裡頭最知名的裁縫師傅。

許佑寧才踏進家門，就見到住在兩條街外的阿嬌姨和一干客人正圍著坐在縫紉機旁的母親在寒暄。

陳芳芳握住阿嬌姨的手，說：「阿嬌姨，恭喜妳要當人家婆婆了。」

「謝謝。」

阿嬌姨面露感激的也握著陳芳芳的手，說：「時間真的過得很快，當初小

健個頭才那麼小一丁點，小時候我好擔心他會沒辦法『大漢』。誰知道才一晃眼的時間，兒子都要娶媳婦了，我都要做人家婆婆了。」

「聽說小健的對象，來自不錯的人家，妳應該放心了。」

「是啊！對方跟我們家算是挺配的，我們家老爺子當年從重慶逃難過來，現在在省政府上班。小健的對象，她們家兩老也是從大陸撤退過來的國民黨眷屬。大家都算是來自同一個地方，有相同的經歷。我們家老爺子剛開始不怎麼樂意，雙方家長見到面倒是很快的就談妥了。」阿嬌姨高興的說。

「這樣好。」

「是嘛……」阿嬌姨本來開心的表情，抹上一絲黯淡。

「阿嬌姨，怎麼不開心？兒子娶媳婦可是做父母的都值得開心的大事啊！」陳芳芳安慰阿嬌姨說。

「是應該開心，我也確實開心。但可能……看著孩子娶媳婦，突然有種孩子長大了，要離家的感覺，總是覺得心裡糾結，捨不得看到孩子好像有一天會

離開自己。當初大家跟著政府離鄉背井的，都想著要回去，現在回不回得去沒有人知道，可是兒子都要在這塊土地上落地生根了。芳芳，妳說這時間真的是一點兒也不待人啊！」

原來看著兒子娶妻，阿嬌姨想起過去結婚，跟著丈夫從大陸來到台灣，那些年輕的往事，對照兒子現在幸福的樣子，百感交集，不自覺的就流下淚來。尤其對於一去不復返的青春，以及不知道什麼時候才能回去的家鄉，想到這些令人徬徨不安的事情，更讓阿嬌姨的眼淚不能自已的從眼眶中湧出。

許佑寧在門口看到這一幕，有點不好意思，不知道自己該不該在這時候走進去。

本來開開心心踏進家門，準備要喊的那聲「我回來了！」，現在也只好吞進肚子。

其他人也跟著安慰阿嬌姨，都對她說些笑話要逗她開心。

還是住在附近，現在在初中教國文的馬老先生有辦法，他唸的書多，還記

得許多京戲和相聲的段子，這時他見阿嬌姨哭得傷心，突然就唱起大戲，諸葛亮的《空城計》來：「我本是臥龍崗散淡的人，評陰陽如反掌保定乾坤。先帝爺下南陽御駕三請，算就了漢家的業鼎足三分……」

其他人聽到都楞了，阿嬌姨也疑惑，止住哭聲，問馬老先生說：「老馬，你唱的這是什麼呢？」

「空城計沒聽過啊？」馬老先生笑吟吟的說。

「當然有聽過，今年藝文表演中心還演出過一回兒呢！」阿嬌姨不明白他的意思，呶呶嘴說。

「哈哈！三十六計不管什麼計，能達到目的的就是好計。我現在唱這一段子，止住了我們白羊鎮人面最廣、朋友最多，也最會給大家逗樂的阿嬌姨的眼淚。這空城計妳還說我唱得不好？」

大家聽馬老先生說的，都笑了。

阿嬌姨有點不好意思，但方才被馬老先生這一亂，確實把本來紛亂的心思

又抓了回來，感激的對在場眾人說：「謝謝大家。」

陳芳芳也沒閒著，從櫃子後頭拿出一件金絲鶴頂紅綢的窄版旗袍，華麗而精細的手工，在場眾人看了眼睛均為之一亮。

「阿嬌姨，這可是我一個禮拜連夜趕工，才好不容易給妳趕出來的。相信喜宴那天絕對不會丟了我們白羊鎮的面子，以及妳白羊鎮第一美人的封號。」

陳芳芳將旗袍用衣架提起來，讓阿嬌姨能看個仔細。

阿嬌姨觸摸著旗袍料子柔軟滑順的表面，以及幾乎看不出痕跡的縫線，對陳芳芳說：「芳芳，妳真是我的好姊妹。這件旗袍實在太美了，美到我都有點捨不得穿了呢！」

「對了，還有要給妳媳婦的那件旗袍，我也給拿出來。」

陳芳芳所說的，許佑寧聽在耳裡知道都是真的。為了阿嬌姨的喜宴所要穿的，還有要送給未來媳婦的旗袍，連著將近一個禮拜，都是直到自己睡著了，媽媽都還沒睡，非常辛苦的在趕工。

天一亮，媽媽卻又很有精神的幫自己準備好早飯，以及中午要吃的便當。許佑寧忍不住想，媽媽好像女超人，一天睡不到六個小時還是能夠精神奕奕。自己每天卻是怎麼睡都睡不飽，尤其數學課的時候，幾乎課本才翻開眼皮就變得好重。

看著大家都誇讚著母親的成果，許佑寧為母親感到驕傲。

「我回來了。」許佑寧這時才真正走進家門，對陳芳芳打招呼說。

馬老先生見到許佑寧，說：「小伙子長得真快耶！過幾年就輪到你娶媳婦啦！」

「娶媳婦？」

許佑寧對「娶媳婦」的意思還不是很理解，疑惑的問。

「沒有，馬老先生跟你亂說呢！先去把東西放好，媽媽就來準備晚飯。」陳芳芳對兒子說。

可能受了阿嬌姨方才一番話的影響，陳芳芳看著兒子，突然也幻想著有一

天兒子長大了，也會娶妻，也會……想到這裡，陳芳芳搖搖頭，繼續招呼阿嬌姨一行人。

陳芳芳要的不多，她不奢望兒子能有什麼大成就，只希望兒子能夠快快樂樂、平平安安的長大。

回到房間，許佑寧想起剛剛忘記把信拿給媽媽，從口袋中拿出爸爸的信。他有點好奇信件的內容，但又不敢拆開來看。過去，信總是要先讓媽媽看過，媽媽才會給他看。

拿起信，許佑寧對著窗子，試圖讓穿透信封的陽光稍微照出一點信紙上記載的內容，但信紙看來寫得夠厚，許佑寧試了半天什麼也沒看到。

「不知道爸爸過得怎麼樣？」想到離家在外的爸爸，許佑寧落寞的說。他打開抽屜，拿出那張和爸爸媽媽唯一的一張合照，黑白照片深刻的記錄著一家三口和樂的樣子。

「要是爸爸不用在台北唸博士就好了，我就可以跟爸爸、媽媽三個人每天一起吃飯、玩耍。」許佑寧看著照片，像是在對照片裡頭的爸爸媽媽說話，又像是在對自己說。

雖然很想第一個讀爸爸的信，但想到媽媽的辛苦，許佑寧決定還是把信拿出來，恭敬的放在飯廳那張木桌上，讓媽媽先讀。

他用拜拜用的橘子壓著信，怕信被風吹走，然後回到客廳同那些叔叔嬸嬸說笑去。

第三章

讀書不好玩

起個大清早，刷牙洗臉、穿好制服、揹著書包上學，這就是學生一天生活的開始。

許佑寧家離新新國小，走路大概有半個小時的距離，中間陸陸續續的會見到許多同樣是新新國小的孩子們一起加入前往學校的方向。

有些孩子，從小學一年級就會在路上遇到彼此，就算大家不同班，彼此之間也會認識。

但可能秋天的腳步已經到來，清晨的氣溫比起暑假降低不少。大家對於這樣的氣溫還不是很習慣，走起路來縮著身子，打招呼的動作和言談就不那麼踴躍。

許佑寧打了好大一個哈欠，不怎麼甘願的朝著學校前進。六年級什麼都好，就是兩件事情不好，一個是要跟相處多年的國小同學道別，另一個就是有初中考試，或是找工作就業的壓力。

前者對許佑寧來說沒什麼了不起，這附近的初中就只有一間，而且不管考

不考初中，反正大家都住得那麼近，要見到那些熟悉的朋友並不困難。對於第二點，這就是許佑寧比較擔心的了，想到自己的功課，許佑寧不怎麼敢想唸初中這件事。

「砰！」一個人從許佑寧沒精神、縮著的肩頭拍了一下，把正在煩惱初中考試的他給嚇了一跳。

許佑寧回頭一看，原來是班長簡婉茹。

「佑寧，你走路也太不專心了吧！」

「要妳管！」許佑寧頭一撇，說。

「對啊！既然你都要我管了，那我這個做班長的當然要管一管。」

「隨便妳吧！我可說不過妳。」

「那你為什麼沒精神呢？」

「還不都是因為六年級了，老師們一天到晚只會對我們說要好好讀書，以後一定要考個好初中什麼的。好像做人如果不讀書，以後就沒有前途，就會餓

死似的。」許佑寧抱怨道。

「原來你在煩惱這個……其實我也很煩惱。可是沒辦法，大人們都說如果以後想要賺很多錢、過好日子，就一定要一路唸上去，考到大學。聽說只要大學畢業，工作不用找，是工作來找你。」

「真的假的？」許佑寧對於大人們的說法，不怎麼認同的反問。

這時又出現另外一個嚇人的傢伙，在許佑寧和簡婉茹背後冒出一句：「當然是真的！」

許佑寧和簡婉茹轉過身，見是胡復凱，兩人吐了一口長氣，放下心來。

「你幹嘛嚇人啊！」簡婉茹對胡復凱說。

「我剛剛跟你們揮手，你們沒理我，所以我就只好跟過來，我還以為你們剛剛有看到我。」胡復凱一臉無辜的說。

「真不好意思，我剛剛還真沒看到你。」許佑寧說。

胡復凱沒有回答許佑寧的話，見到簡婉茹，他堆滿笑容的問候著：「簡婉

茹，妳上次期中考考得好好喔！」

「謝謝，但再好也比不過你，你又考了全班第一名。」

「可是我也才贏妳不到五分，聯考的時候很難說的。」

「反正除非離開家，不然大家唸的又會是同一間初中，差不到哪裡去。」簡婉茹說。

「不過考高中的話，就要離開這裡了呢！一定要到大城市去讀書才行。」胡復凱又說：「我爸爸老是說要唸高中就一定要唸最好的，不然不如不唸。」

許佑寧本來沒有要搭話，對於讀書、考試這類的話題，他一點興趣也沒有。但他最討厭聽到胡復凱之類的好學生一天到晚把「第一、第一」，或是「非第一不可」的話掛在嘴邊，忍不住回說：「所以只有唸最好的學校才有前途囉？」

「當然！」胡復凱本來也只顧著跟簡婉茹說話，見許佑寧好像不大同意他的想法，回說。

「那你爸爸也沒有唸台大啊！也只是師專畢業，那你爸爸就沒前途囉？」許佑寧反問。

胡復凱聽許佑寧這麼說，哪能接受自己的父親被他給酸了一頓，不大高興的回說：「那是……那是因為當年我爸爸家裡窮，唸師專比較省錢，所以才唸師專，好早點出來工作養家。」

「是這樣喔？」許佑寧不怎麼相信，但他也沒有要追根究底的意思，隨口回說。

胡復凱則覺得許佑寧是故意找碴，說話更大聲了：「那……那你家呢？喔……這麼說也對啦！聽說你爸爸唸到博士，卻也沒有賺到幾個錢，看來唸到博士也沒什麼了不起的嘛！」

「本來就沒什麼了不起的。」

胡復凱沒想到許佑寧會這麼回答，楞了一下。他本來以為許佑寧肯定會狠狠的反駁他，結果沒想到許佑寧繼續走著他的路，一副懶得理他的樣子。

簡婉茹在一旁聽兩個男生彼此互相嘲諷，想著自己要出來調解一下，但許佑寧一個人悶著頭越走越快，她只好追上去，說：「佑寧，你生氣了嗎？胡復凱他是無心的。」

胡復凱見簡婉茹把他丟在後頭，心裡不平衡的唸著：「女人就是喜歡同情弱小。」

在學校裡頭，課程從早自習開始，而早自習到了六年級變了模樣，不再是看書或是聽學校反共復國的廣播。每天早自習幾乎都拿來進行小考，考完試之後，第一節課通常也被老師拿來檢討考卷。

同學們都埋首寫著考卷。許佑寧大拇指和中指在虎口轉著鉛筆，他覺得考卷上頭的題目都像是無字天書，每個字他都看得懂，組合在一起就看不懂它們到底在問些什麼。

第一節檢討考卷，級任導師廖老師站上講台，吩咐同學們說：「把考卷往後傳。」

同學們改完考卷，廖老師沒有馬上叫同學把自己的考卷拿回去，而是要每一排最後一位同學把考卷收回來，放到講台上。接著廖老師會把考題一一在黑板上重新解釋一遍。這時，孩子們會用自己的作業本把老師解題的過程抄下來，許佑寧常常只抄了一半就開始心不在焉。

等到廖老師講完考題，接下來就進入孩子們最討厭的時間。

廖老師會一張張請被叫到名字的同學過來拿考卷。考到八十分以上的同學去拿考卷的時候，老師會對他點點頭；如果考到九十分以上，老師會說：「幹得好，繼續保持。」

至於低於八十分的同學，那就有各種不同的話會出現，但基本上不要低過七十，老師說的話不會太難聽。

許佑寧討厭死這個時間了，因為同學們都會聽著老師說的話，瞭解你到底考得怎麼樣。有時候老師說得過份了些，同學們還會在底下竊笑。雖然體育課的時候，自己往往是大家的目光焦點，但因為小考成績很爛，因而被大家注目

這種事，沒有人會喜歡。

「許佑寧。」

廖老師唸到許佑寧的名字，許佑寧從位子上站起來，不大甘願的走向講台，他不用想也知道肯定又要被老師給訓斥一頓。

廖老師看了看考卷，又看了看許佑寧，對他搖搖頭，像是一臉失望的樣子，說：「老師很不想這麼說，但你這張考卷實在是……怎麼會連國家最重要的政策都寫錯呢？」指著考卷，廖老師對許佑寧越說越大聲：「三七五減租是什麼意思？你竟然給我寫三十七歲的農夫，他們繳稅有五種減少租金的辦法，這是什麼答案！你以為你在寫社會考卷，還是在寫小說啊？」

跟許佑寧料想的一樣，今天又被老師訓話，又被同學笑。他對這樣的早晨逐漸習以為常，可是自己又能怎麼辦。大多數同學計算著聯考到來的日子，以此為努力的目標；許佑寧則是計算著畢業考到來的日子，因為當這天來臨，他就再也不會被老師抓過來嘮叨，就可以擁有一個寧靜的早晨。

廖老師嘴裡還在訓斥許佑寧，許佑寧的心卻早已飄到教室之外。

廖老師聲音漸漸放低，他發現許佑寧在放空，根本沒在聽他說話，拍桌子說：「許佑寧，今天放學之後，你給我留下來補考。」

「什麼！可是我答應朋友要一起去打球耶！」許佑寧聽到老師的命令句，這才回過神來，想要向老師求饒，卻已經來不及。

「就知道打球，你先給我過了補考再說！」廖老師把考卷還給許佑寧，繼續發著下一個人的考卷。

第四章 兇巴巴的班長

如果人看事情總是只看負面，往往這個人就會很容易發脾氣，因為在他眼中的各種事情都變得好像只有壞的一面。譬如只看到青椒的澀味，卻沒有看到吃青椒所帶來的健康。就像白開水雖然沒有汽水跟果汁好喝，但卻能夠幫助人體代謝多餘的毒素。

學生如果只看到上學考試的辛苦，卻忘記所有的努力都是為了要追求自己的夢想，那是必須要付出的代價，上學就會變成一件辛苦的事。然而上學也有開心的一面，和好朋友玩耍、聊天，認識更多的人，聽更多的故事，讓自己快快長大，並且成為社會有用的人。

更重要地，透過學習我們得以一點一滴的接近我們的夢想。

和一般討厭上學的孩子們不同，簡婉茹喜歡上學，就像是一個能夠看到上學優點的人。她有幾位從低年級就彼此認識，而且很幸運的一直分到同一班的好姊妹，這是她上學的動力。

簡婉茹喜歡看書，喜歡閱讀。大家都不喜歡看書和做功課，但這兩件事簡

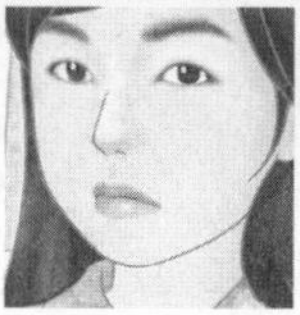

婉茹都喜歡，不只在上課的時候她專心聽講；下課之後，她也盡可能的把握時間溫習功課。

老師心目中，簡婉茹是做學生的榜樣。

同學心目中，簡婉茹是好孩子的榜樣，儘管有些同學覺得她實在太愛管閒事了。

六年級上學期，期中考比之前多了一次，除此之外，還有兩件很重要的事情要處理。

六年級是國小的最後一個年級，這一年有畢業旅行，這個工作交給老師們負責，孩子們只要乖乖繳交畢業旅行的錢。

所以這兩件重要的工作，一件是班級模範生選舉；另外一件工作，則需要孩子們親自動手去做，那就是編輯《畢業紀念冊》。

這天班會，終於不是再用來小考。廖老師宣佈：「同學們，為了給各位留下一個美好的回憶，學校需要各班同學為自己班級編輯畢業紀念冊。這是很重

大的一件事，美美的畢業紀念冊將陪著你們一輩子，是你們長大以後的回憶。如果畢業紀念冊編輯得很糟糕，你們長大以後就很難跟你們的子孫分享。所以老師在此徵求自願者，嗯……我們需要六位同學。」

「老師，我願意。」廖老師才剛說完，簡婉茹就第一個舉起手。

「喔！太棒了，有人想跟婉茹一起做的嗎？學藝股長，妳是不是應該要肩負起這個工作呢？」廖老師看了學藝股長一眼。學藝股長本來就認為這是分內的工作，但因為害羞不好意思表態，現在老師都說了，她也舉手表示要參加。

有簡婉茹跳出來，六個人一下子就額滿，還有兩位同學也願意幫忙，瞬間六年丁班就有八位投入畢業紀念冊編輯的生力軍。

胡復凱也想舉手，可是想到做畢業紀念冊可能會影響考試準備，猶豫之間人數就滿了。

胡復凱一年級就跟簡婉茹同班，他一直悄悄的在注意這位女孩子。可是簡婉茹一點都不知道，因為她忙著專注在功課上。

胡復凱的兩位死黨幫他出過幾個主意，但胡復凱都沒有接受，他只是默默的看著。而且不知道為什麼，自己明明偷偷喜歡著簡婉茹，明明想要好好跟她多聊聊、多認識，可是每當彼此接觸，他總會忍不住想要激怒她。最後好像兩個人的關係也沒變好，反而變得更糟。

現下又錯過一個拉近距離的機會，胡復凱覺得實在可惜，咬了一下下嘴唇。

「婉茹，那畢業紀念冊就拜託妳帶著同學一起做。老師這邊有印刷廠提供的樣板，你們照著這個規格做就不會錯。」

「婉茹，妳真熱心。」也參與畢業紀念冊製作，簡婉茹的好姊妹淑文對她說。

「事情總是要有人做，而且我也希望能夠做出一本自己能夠喜歡的畢業紀念冊。」婉茹對好友淡淡笑說，好似對這個工作一點都不覺得苦。

「婉茹，不瞞妳說我以前從來沒有做過這類的工作。唉！也不知道我到底

能不能做好，希望妳不要嫌棄。」

「淑文，妳不用擔心。不只是我，還有其他組員大家都會幫忙，我們是一起做，只要參與的每個人都盡自己一份力，相信一切都會很順利。」

「沒錯，我們大家一起做，沒問題。」有舉手的其他同學說。

「我知道，那我們大家一起合作，做出一本大家都喜歡的畢業紀念冊吧！」簡婉茹見大家都充滿熱情的樣子，對大家說。

參與畢業紀念冊製作的同學看到簡婉茹對於畢業紀念冊的製作很有信心，也跟著有信心起來，彼此加油打氣。

趁廖老師正交待著其它瑣事，其他同學見自己少了一份工作，都露出一派輕鬆的樣子。

廖老師此時一拍講桌，又說：「其他同學，你們也有你們的工作。麻煩下次班會之前，把你們的大頭照交給班長，好讓她可以順利的編好我們的畢業紀念冊。另外，關於畢業紀念冊的費用……」

巡堂的訓導主任經過丁班，見班上氣氛挺熱鬧的，走到門口對廖老師說：「唷！怎麼班上這麼熱鬧，畢業紀念冊方面的事情都還順利嗎？」

廖老師見到訓導主任，趕緊迎上前，對訓導主任鞠躬哈腰說：「都很順利，我們班很快的就在班長主動願意負責之下選出編輯小組，他們已經很熱烈的在討論該怎麼做了呢！」

「這麼棒，丁班的班長是？」

廖老師指著簡婉茹，說：「那是我們班的班長，簡婉茹同學。」

「我知道，很優秀的孩子，幾乎每個學期成績都在班上前三名，只比我們家復凱稍微差一點，對吧？」

「對對對！訓導主任真是好記性。」

「我們家復凱上課都還認真吧？廖老師是我們新新國小未來倚重的大將，學校要提高升學率，可得靠老師您多多付出。」訓導主任談到自己孩子，不忘向同仁交待幾句。

聽到訓導主任這番像是勉勵，又像是在提醒他什麼的話，廖老師只能一味的說：「是是是……」

「六年級還有一件大事，就是模範生選舉，廖老師你可得好好挑選一位適當的人選，代表丁班喔！」訓導主任嘴巴對著廖老師說，眼神卻不斷飄向教室中胡復凱的座位。

「會的、會的。」

許佑寧坐在位子上，看著老師面對主任那副客氣過頭，幾乎要九十度鞠躬的模樣，他心裡還真有點不是滋味。往胡復凱那邊看過去，胡復凱拿起課本，把自己的臉擋在書本後頭，假裝沒有看到眼前這一幕。

許佑寧問胡復凱：「你在幹嘛？」

胡復凱羞紅臉，說：「我老爸又在跟其他大人social了，我不喜歡。」

「『蒐休』是什麼？台語還是客家話？我怎麼從來沒聽過。」許佑寧聽不懂胡復凱在說什麼，問說。

「那是英文啦！就是『社交』的意思。」

「社交……又是什麼意思？」許佑寧發現轉成中文他還是聽不懂，自己不好意思的笑了。

「其實我也不太懂，總之就是一種大人跟大人之間說話的方式。」

「怎麼樣的一種說話方式？」

「嗯……就像你明明不喜歡一個人，卻偏偏要跟那個人做好朋友，這時候你會怎麼說？」

「就說一些有的沒的，然後大家笑一笑，很尷尬這樣。」

「差不多就是這個意思。」

「好吧！大人還真無聊。」聽到這裡，許佑寧不想再問下去，他覺得「社交」這種大人遊戲太累人，根本不有趣。

訓導主任和廖老師聊著聊著，走到門外頭的走廊上。教室裡頭一下少了管事情的老大，孩子們三五成群，聊天的聲音越來越大聲。

簡婉茹不忘自己班長的職責，起身對那些聊天的同學說：「大家安靜一點，不要吵到上課同學。」

「好凶喔！」許小華不甘示弱的說。

許佑寧和胡復凱聽見簡婉茹制止大家說話，都壓低聲音。

「我們的班長真是兇巴巴。」許佑寧笑說。

「其實她一點都不兇。」胡復凱說。

「你怎麼知道？」

第五章

模範生選舉

「你幹嘛跟著我？」胡復凱向來都自己一個人走路回家，其實他可以搭老爸那輛偉士牌機車，可是自從升上高年級後，他就堅持要走路。胡爸爸想孩子這樣可以鍛鍊體力，也能跟其他同儕有更多接觸，就也沒勉強他。

胡復凱回家的路並不是最短的那條路，他總會稍微繞路。這天他也是這樣走，但後頭多了一個不速之客。

「我好奇啊！」許佑寧說。

「好奇什麼？」

「好奇你上課說的，你說班長一點都不兇，而且說得斬釘截鐵。可是我問你為什麼那麼肯定，你卻又不說了。」

「哎唷！我有我的道理。」

「你幹嘛學大人說話？反正我就是想要知道。」

「那你也不用跟著我啊！」

「那你就當作我沒有跟著你不就好了，就當作……我們剛好不小心碰到。」

「屁啦！現在明明就是你跟著我，我幹嘛還要跟自己說謊。」

許佑寧觀察四周環境，說：「欸！訓導主任家不在這邊吧？」

「你又知道了！」胡復凱有點緊張的說。

「新新國小誰會不知道訓導主任家在哪裡？幾乎每個學生都曾經去你們家補過數學啊！我以前也有補，但後來因為忙著游泳隊的訓練，而且補習費也不低，就沒有補了。」

胡復凱正要說點什麼，許佑寧又想起一件事，說：「對了！這裡很接近班長家耶！」

「喔……」胡復凱緊張的吞了兩口口水，好像有什麼秘密就快要被揭穿。

「你知道班長家做什麼的嗎？」許佑寧興奮的說。

「知道，賣豬肉。」

「對啊！我媽媽每次都會去她家買豬肉。」

「你在班長面前可不要提這件事。」

「為什麼？」

「班長不喜歡人家知道她家是賣豬肉的。」

「可是明明全鎮的人，甚至隔壁鎮的人都知道。」許佑寧聳聳肩。

「唉……你真是個笨瓜。」胡復凱對許佑寧一點辦法也沒有，無奈的說。

放棄掙扎，胡復凱就讓許佑寧跟在他後頭，兩人一直走，走到簡婉茹家附近。簡婉茹家就在市場內，門口外頭就有自個兒擺的豬肉攤。

簡爸爸是位身高不高，但身材十分粗壯，有著舉重選手肌肉的壯漢。每次他拿起那把屠刀，感覺殺氣騰騰的，好不嚇人。簡媽媽平時總跟在丈夫身邊，當丈夫切肉，她就忙著招呼客人，協助客人挑選。

簡家肉舖的生意向來不錯，因為簡爸爸是位老實的生意人，大家都知道他們家的肉秤重絕對不會偷斤減兩。

站在市場對街，胡復凱和許佑寧看著肉舖人來人往的。早上賣剩下的一些

肉還放在攤位上，一些比較晚下班的客人，會來這邊挑選這些比較便宜的肉。

簡婉茹剛放好書包，此時正走出來幫忙爸媽招呼客人，這天她要做的事情不多。要是遇到週末開市，她可就得從早幫忙爸媽到晚上；不在鋪子的時候，也要在家照顧三位弟妹。

「許伯伯，要不要買一塊後腿肉？」簡婉茹見到熟悉的叔叔伯伯，推銷說。

「婉茹好乖，幫忙爸爸媽媽出來賣東西啊？」

「嗯！媽媽這時候在後頭做晚飯呢！所以我就來前面幫忙。」

許伯伯視線在肉攤上掃過一遍，說：「好，就給我來半斤。」

「爸爸，許伯伯要半斤後腿肉。」簡婉茹對爸爸說。

「老許，你現在來剛好，我快收攤了。來！這裡半斤後腿肉，我再送你四兩。」簡爸爸手起刀落，切下一大塊肉，放到秤上，然後又切了一小塊，同剛才切好的那一塊疊在一起。

簡婉茹拿出報紙，把肉包在報紙裡頭，然後用繩子綁起來，打了個結交給許伯伯。

幫爸爸賣出東西，簡婉茹笑得好開心，她覺得自己就跟大人一樣，能夠做到同樣的工作。

簡爸爸倒是心疼女兒，對她說：「好啦！現在人少，有爸爸一個人就行了。妳到後頭看書吧！」

「沒關係，晚點我再來做功課就好。」

「那好吧！反正大概再半個多鐘頭，太陽下山我們就可以收了。」

許佑寧看著簡婉茹幫忙家裡的情形，他以前也跟著媽媽來逛過市場，也看過簡婉茹幫忙，但那時候沒有仔細看。這次他認真看了，才知道簡婉茹是這麼貼心的一個人。

胡復凱見許佑寧看得認真，對他說：「你看看，人家多認真在幫忙家裡，你呢？」

「我？我……我想幫也幫不上什麼忙啊……」許佑寧說得有點心虛，他突然覺得自己還真幸福。媽媽那些刺繡活兒，他是一竅不通，但媽媽也從來沒有要他幫過什麼忙，只要他乖乖讀書就好。他本來挺討厭自己回家動不動就要讀書，現在許佑寧發現自己和簡婉茹這樣的孩子比，其實生活已經過得很輕鬆了。

「等一下！我忽然想到，胡復凱你怎麼這麼清楚？」許佑寧原先還正在愧疚自己過得太爽，欠缺反省，突然腦筋一轉，對胡復凱問道。

「我……就幾次剛好經過，看過所以清楚。」

「原來是這樣。」許佑寧也沒多懷疑，甚至沒發現胡復凱扭曲的表情。單細胞的他很輕易的就被胡復凱唬弄過去。

「呼……難怪人家都說四肢發達的人，往往頭腦簡單。」胡復凱喃喃說。

隔週班會，廖老師檢視了畢業紀念冊的進度，同時宣佈這學期要舉行的模範生選舉。

「各位同學，我們班得先選出一位代表，作為我們丁班參加模範生選舉的候選人，請大家踴躍提名你覺得優秀的人選，然後我們大家再來舉手表決。」

「胡復凱！」

「簡婉茹！」

全班基本上就兩派意見，提名胡復凱，或是簡婉茹，彼此吵成一團。

「怎麼會選簡婉茹，當然要選功課全班第一，而且是全校第一的胡復凱。」莊大頭對大家說。

「模範生須要的又不只是功課好，簡婉茹不但功課是全班前三名，而且人緣也比較好，體育課的時候還能跟男生一起打躲避球呢！」淑文維護自己姊妹，對莊大頭說。

廖老師舉起雙手，示意大家安靜，然後說：「民主社會要靠表決，不是誰嘴巴說得厲害就是對的，我們現在就舉手表決。現在，支持胡復凱代表丁班的同學舉手。」

莊大頭和許小華身為胡復凱的好朋友，搶著舉手，班上四十五位同學，有二十一位都投給了胡復凱。胡復凱自己沒有舉手，包括廖老師在內都以為胡復凱應該是不好意思投自己一票，所以沒有舉手。

「好，那選簡婉茹同學的請舉手。」

廖老師數著舉手同學的數目，他粗略一看就發現這是一場票數十分接近的投票，邊數邊說：「十八、十九……二十二。」

廖老師在黑板上，簡婉茹的名字底下畫了「正」字，筆劃總共有二十二劃。大家見到這個結果都很驚訝，連簡婉茹自己都不敢相信。她雖然是位熱心的人，但對於代表全班競選模範生，她覺得自己的資格比不上胡復凱，她見胡復凱沒有投自己一票，也就沒有為自己舉手。

可是，胡復凱竟然為她舉手，就在那二十二個人之中。另外，還包括了許佑寧，他也選擇簡婉茹。

班上第一名都指定要簡婉茹代表丁班，那原本互相衝突的聲音頓時安靜下

來。票數雖然接近，但沒有任何衝突，班上只有全力支持簡婉茹的聲音。

「謝謝大家，我一定會努力為丁班爭取榮譽。」簡婉茹接受這份榮譽，並對大家鞠躬致意。

同學們都鼓掌叫好，大家都知道簡婉茹多麼認真。莊大頭和許小華，雖然他們一開始挺自己的好朋友，但對於這個結果，他們都沒有任何異議。

另一方面，這也是胡復凱與許佑寧，全班萬年第一名和萬年吊車尾的學生，很少見的在同一件事上有了共識。他們望向彼此，都對自己和對方的選擇感到滿意。

第六章 游泳教練的邀請函

禮拜三下午，中、低年級的學生們已經放學，就剩高年級的學生要繼續上課。尤其是六年級，禮拜三下午他們可痛苦了，這個下午通常都會拿來進行一些考試；到了下學期，每個月一次的模擬考更是少不了。

只有少數人得以逃過禮拜三下午的考試，許佑寧的位子空著，這個下午他被「恩准」不用參加例行小考。每個禮拜三下午，他都要來到他最喜歡的游泳池跟其他游泳隊的選手一起接受訓練。

說是訓練，許佑寧要做的事情很簡單。身為游泳隊的王牌，他基本上可以自主訓練，學校的體育老師已經不能教給他更多東西，只能在他可能姿勢稍有偏差的時候提醒一下，剩下的就交給許佑寧自己發揮。

禮拜三下午，從做完體操後，許佑寧就會一一磨練他的各種游泳技巧。從蛙式開始，然後轉捷式，跟著是仰式，最後則是他最喜歡卻一直沒有辦法練到完美的蝶式。

一下午少說要游個一千五百公尺，這個數字就連不少成年選手也吃不消，

但許佑寧游習慣了，很輕易的就能達到這個數字。

不過，對於老師不能教給他的東西，他只能自己琢磨，所以也不是刻意要游那麼長的距離。只是若要把一些自己游泳的缺點搞清楚，唯一的方法就是不斷的游。但從去年開始，許佑寧已經不大知道自己還能怎麼調整。

學校的體育老師也幫不大上忙，他們已經達到他們能夠提供協助的極限；更高層次的訓練，許佑寧需要一位更高級的教練。然而，老師們也知道許佑寧的在校成績不怎麼理想，而新新國小又是位處偏遠的學校，不是那麼容易給那些知名的、擁有游泳隊的學校認識。

但身為縣賽冠軍，許佑寧的身手早就廣為幾間有培植游泳隊的學校教練所注意。

看似平淡無奇的禮拜三下午，新新國小便來了一位訪客。

許佑寧正在琢磨自己怎麼游都不大順的蝶式，來回游了快十趟，還是沒有辦法很順暢。他靠在池邊，對著天空呼氣，對於自己的表現頗為失望。

一個人的身影擋住陽光，許佑寧剛開始因為眼睛逆光而看不清楚這個人的臉，只覺得不是一張熟悉的面孔。舉手擋住陽光，仔細一看，是位留有小絡腮鬍的中年男子。

中年男子對許佑寧說：「有沒有興趣跟叔叔較量一下？」

「這……」許佑寧本來不敢拿主意，畢竟在校隊練習時間跟其他陌生人比賽可是大忌。

中年男子瞭解許佑寧所擔憂的，微笑說：「放心，已經跟你們教練說過了。你看，他也正瞧著呢！」

許佑寧一看，男子所說不假，教練正看著他們，而且好像和男子之間還有熟識的感覺。

「那要比什麼？」碰到比賽，許佑寧可不管對方幾歲，比賽就是要認認真真的拿出真本事分個高下才叫比賽。

見許佑寧眼中已經燃起充滿鬥志的火焰，便說：「混合四式，八百公尺，怎麼樣？」

「好！」

中年男子脫下運動褲和外套，站上三號出發台，而許佑寧則站上四號。教練此時走過來，拿起哨子對兩人說：「這場較量就由我當裁判，哨響比賽就開始。」

「嗶！」哨響，許佑寧和中年男子跳入游泳池，兩個人彈起魚躍的動作都非常漂亮，有如從水面彈起的海豚。光是這一下，許佑寧立即發現對方不是普通大叔，至少是位體育老師。

個人混合四式從蝶式開始，轉成仰式，然後是蛙式，最後是競速刺激的捷式。一般來說分有兩百公尺跟四百公尺兩項，男子提出混合八百，這並非正規的個人比賽項目，倒是有股不但要考驗許佑寧的技巧，還想考驗一下體能的味道。

游泳隊的其他隊員本來正在練習，見到有比賽可看，都在一旁為許佑寧加

油。教練也在場邊觀看，比賽過程絕無冷場，許佑寧和男子始終保持差不多半個人身的距離，緊追在後。

儘管許佑寧天賦異稟，是個體育人才，但國小孩子終究還沒有完全發育。四百公尺過後，距離逐漸被拉開，半個人身的距離逐漸變成一個人身、兩個，然後逐漸擴大。

六百公尺後，兩人此時已經差了一個泳池的距離。男子的速度慢了下來，給了許佑寧追趕的機會，並且最後兩百公尺，許佑寧能夠施展自己最擅長的捷式，他想這兩百公尺他絕對還有機會。

可是，才又游了差不多五十公尺，眼看已經追到只剩一個人身的距離，許佑寧整個人往水底一沉，吃了好幾口水。

教練見有異狀，對許佑寧喊道：「佑寧，怎麼了？」

男子聽見泳池畔的聲音，轉頭看了一下，游向許佑寧，將他帶至池邊。老師和同學抓著許佑寧的手，把他拉上來。

許佑寧抱著小腿，說：「哎唷……抽筋了。」

教練搖頭說：「你太逞強了，身體不行就該停下來，萬一出了意外怎麼辦！」

「可是，我差一點就有機會反敗為勝啦！」

「哈哈哈！好小子，有志氣。」男子聽許佑寧說，哈哈笑道。

「佑寧，只怕你就算沒抽筋，大概也追不上高叔叔。」教練對許佑寧說。

男子蹲下來，幫許佑寧的小腿稍事按摩。許佑寧只覺得剛開始十分痠痛，但才按摩沒兩下，肌肉緊繃的狀態立即改善不少。

「謝謝高叔叔。」

「好說，你剛剛游得很棒，六年級就有這種泳技，不簡單！」男子對許佑寧比出大拇指說。

「可是我輸了。」許佑寧許久沒有在游泳池這個比賽場所中嚐到失敗的滋味，落寞的說。

「佑寧，你輸的不冤，這位高叔叔可不是普通人。」

「我感覺得出來，您是一位體育老師吧！」

教練對許佑寧搖了搖食指，說：「這位高叔叔可不是普通的體育老師。嘿！這位可是台北市力強中學的游泳教練，以前可是國手呢！」

「力強中學，那不就是去年區中運幾乎包辦所有游泳項目金牌的學校嗎？好多有名的國手都是他們學校的校友耶！」許佑寧眼睛一亮，本來不舒服的小腿痠痛頓時被他拋到九霄雲外。

「這樣你就明白了，他們可都是受過高叔叔的指導，才能有現在的成就。」

高叔叔雖然被新新國小的教練誇讚半天，卻還是很謙虛，對許佑寧說：「叔叔已經不是國手了，不過比起游泳，指導有潛力的孩子們進步那又是另外一項樂趣。佑寧，叔叔早就聽其他教練提過你的名字，今天主要是來測試一下你的實力。叔叔感到十分驚訝，才六年級的孩子竟然有如此好的技巧和體能。」

「謝謝高叔叔。」

「我還沒說完，但還有很多還需要改進的地方。譬如，你比賽的時候沒有好好思考該用什麼樣的策略，八百公尺可以說是馬拉松式的比賽，你用四百公尺或兩百公尺的思維配速，最後會抽筋也不意外。」

「叔叔說的是。」

「接著，你對於不同泳式，尤其蝶式一環最弱；仰式好些，但也還不夠平衡。因此你在前面四百公尺，花了太多力氣，游得很不順暢，後頭想要靠蛙式跟捷式拼過對手，這就困難了。如果能把這兩式練好，搭配你本來就游得相當不錯的蛙式和捷式，成績肯定會大幅進步。」

「叔叔，我有個問題想問。」

「你問。」

「剛剛叔叔有盡全力跟我比賽嗎？」

「嗯……大概七成力。」

許佑寧苦笑，但那不是放棄的笑容，而是他發現自己還能努力的範圍原來有那麼大——大到人家讓你，你還不見得游得過他。這激起了許佑寧想要更加奮發的決心，教練和高叔叔看到許佑寧的表情，都默默肯定他不但有運動員的體能，還有運動員最重要的求勝心。

「那你想不想進步，想不想有一天當上國手？」

「當然想！」許佑寧早就幻想過這些事情很多次了。

「好！那高叔叔這裡正式代表力強中學初中部游泳隊邀請你加入。相信只要你願意來到我們游泳隊勤加練習，很快的就能跨越現在的層次，達到更高的水平。」

天上掉下來好大一份禮物，許佑寧不敢相信自己聽到的。本來以為自己的成績根本上不了初中，就算勉強考上也大概是吊車尾的學校。現在有來自台北頂尖的中學要收他，他覺得自己的人生瞬間從地獄來到天堂。

第七章

大城市的誘惑

「不過，這個邀請也不是平白無故就能得到。」力強中學游泳隊教練高叔叔說。

「難道還需要考試什麼的嗎？」

「雖然你在縣賽表現很棒，但新新國小位於中部小地方，只在幾間小學競爭之下勝出，不能代表什麼，我們還是要看你整體的成績表現。」

「我懂了，所以還是要符合全國頂尖的標準才行。」許佑寧會意過來。

「沒錯！明年初有世界少年游泳錦標賽，如果你能夠在台灣地區預選賽游進前六名，那保證可以直升我們力強國中游泳隊。」

新新國小的游泳教練表情十分嚴肅，對於高叔叔開出來的條件，似乎覺得相當嚴苛，說：「不容易啊！全國前六……這不表示佑寧得和台北、台中、高雄等游泳名校的選手較量嗎？我們新新國小不是體育資優學校，要跟他們拼……這很難說呢！」

高叔叔沒有說話，他觀察著許佑寧的反應。

許佑寧的感受，雖然談不上從天堂掉到地獄，但方才喜悅的感覺緩和了不少。要成為全國前六優秀的選手，他還沒有這個自信，但面對這個挑戰，關於他覺得這輩子最擅長的一件事，就是游泳，說什麼他都不會輕易退讓與放棄。

「好，我一定會成為全國前六優秀的選手……不！一定要成為全國最優秀的選手給你們看。」

「這孩子不簡單啊！非常有自信，很好！」高叔叔誇讚說。

「也談不上什麼自信，只是我除了會游泳，其它的都不大在行，如果放棄了，那我還有什麼可以贏過別人的。」許佑寧侃侃而談。他沒有很大的志向，只是面對自己的專長，而且是自己喜歡的事情，把很簡單的心情給講出來罷了。

「高叔叔期待你到時候的表現。」

教練送走了高叔叔，周圍孩子們都過來恭喜許佑寧，力強中學游泳隊的威名可是全國眾所周知。有的孩子為許佑寧感到高興；有的還帶有三分嫉妒，可

是大家都知道許佑寧的實力。他不是靠關係或有人說情才能得到這麼好的機會，所以不管抱著什麼樣的心情，孩子們對於許佑寧的祝福皆是發於真心。

「台北……」

吸引許佑寧的，除了力強中學本身，還有力強中學所位於的台北。對中南部孩子來說，台北就像是一個夢幻般的城市。尤其對從來沒有去過台北的孩子而言，那幻想的層面更廣，聽到台北就跟聽到「迪士尼樂園」一樣夢幻，而且平常電視裡頭會出現的記者、藝人、政治人物，他們都住在台北，好像只要去了台北就能夠在街頭跟那些名人來個巧遇。

另外還有許多關於台北的傳聞：台灣最好的大學、最好的電影院、最多時髦的人們聚集在圓環和西門町，路上可能還會碰到金頭髮、藍眼睛的外國人。鄉下不常見到的汽車，據說台北路上到處都是，一點兒都不稀罕。

許佑寧從力強中學教練來訪後，整個人的心思都被這個去台北讀書的機會給緊緊套住。上課的時候他沒有辦法專心，回家也看不下書，連飯也吃不了幾口。

「佑寧，你怎麼了？怎麼吃那麼少？身體不舒服嗎？」陳芳芳見兒子面對他最喜歡的紅燒肉，今天像是中邪一樣，連挾都懶得挾上兩口，擔憂的問道。

「沒有啦！」媽媽說第一聲他還沒聽見，又講了一遍，許佑寧才回神過來，顧左右而言他的說。

陳芳芳天天跟兒子相處在一起，怎麼會看不出兒子有心事，便問說：「唷！咱們家小少爺心神不寧的，在學校碰到什麼事了嗎？快跟媽媽說。」

唸初中並非每個人的志願，國小畢業出去工作的大有人在。能夠有機會唸好學校，這可是一件好事，但許佑寧也不知道自己為什麼會有這樣的想法，他不覺得應該讓媽媽知道。或者說，不應該讓媽媽現在知道。可是想要瞎掰一個理由，這可不是許佑寧所擅長的事情，支支吾吾的半天說不出話。

陳芳芳見兒子面有難色，以為他遇到什麼不好的事情，急了起來，又問：「該不會有人欺負你吧？還是考試沒考好，不敢給媽媽知道？」

許佑寧見媽媽想的盡是些負面的事情，他可不想被誤會受了委屈，說：

「哎唷！沒有啦！」

「你臉上明明就不是這麼寫的。媽媽從小看你看到大，你肚子裡頭幾條蛔蟲、頭上幾根頭髮，媽媽都瞭若指掌。你就快說吧！免得媽媽瞎操心。」

見媽媽問得急，許佑寧也不想惹媽媽生氣，便將今天力強中學游泳教練來訪，提出入學邀請的事情跟媽媽全部鉅細靡遺的說了。

陳芳芳一邊聽、一邊點頭，聽完先是露出微笑，接著卻又擺出若有所思的沉默。媽媽一連串的表情，許佑寧看不出其中奧妙，尤其當母親的嘴角逐漸往下沉，他頓時覺得自己是不是做了什麼壞事，拉拉媽媽手腕子上的玉鐲子，說：「媽媽，我是不是說錯了什麼？」

「沒有，你沒有錯。只是媽媽聽了之後，想到一些事情。」

「還是妳覺得這件事情不好，我沒有很想去，我只要可以待在媽媽身邊，怎麼樣都行。」

「傻孩子，力強中學可是名校，只要有機會進去唸初中，我聽說表現好的初中部學生還能直升力強中學高中部。要是能夠這麼順利，以後甚至有機會讀大學呢！」

「這些事情我都沒想過，我只是想要游泳，當游泳選手。」

「游泳選手嗎？這是一條很辛苦的路唷！」

「我不怕辛苦，我只怕……媽媽不開心。」許佑寧鑽進媽媽懷裡，跟她撒嬌。

陳芳芳抱著孩子，輕拍許佑寧的肩膀，說：「可是你得好好努力才能抓住這個機會，你要知道爸爸以前常說『機會是不等人的』。」

「這是什麼意思？」

「就是說如果一個人要是平常沒有好好準備，就算機會來了，他也會失去這個機會。就像你平常如果沒有勤練游泳，就算今天力強中學的游泳教練來，他也不會挑上你呀！」

「原來如此，我懂了。媽媽，您每次提到爸爸說的話，我都覺得好有道理喲！可惜爸爸不能親自對我說，我都只能聽媽媽您轉述給我聽。」

「唉！」陳芳芳吁了口氣，說：「沒辦法，你爸爸在台北正在努力的唸博士，等他讀完博士我們就有好日子過了。」

「那爸爸還有多久才會回來？」

「我想要等到過年的時候吧！」

「為什麼爸爸不能每個禮拜都回來呢？」

「呵呵！爸爸也不是不想回來，只是車票那麼貴。你也知道我們這裡沒有火車，爸爸回來一趟得先搭火車到台中，然後再轉客運才能到白羊鎮，這樣一趟少說四個小時跑不掉。所以你爸爸還是在台北待著好，與其這樣南北奔波，不如早點把博士拿到手。」

「媽媽，為什麼爸爸拿到博士之後，我們就有好日子過了呢？我常常聽您說，但我不懂，我們現在這樣不好嗎？」

「也不是不好，該怎麼說呢……雖然現在我們母子兩個這樣過日子挺不錯的，媽媽每天都很開心，可是當然比不上爸爸回來跟我們一起開心來得好啊！」

「也是。」

「你會想爸爸嗎？」

「偶爾。」許佑寧害羞起來，他覺得自己已經是大男生了，說「想爸爸」會讓自己聽起來有點幼稚。轉移話題，問說：「在學校，老師們也是一天到晚叫大家讀書，說讀書以後才會有前途，才會有好的生活。讀書真的這麼重要嗎？」

「讀書當然重要啦！這個社會很現實，但是只要你唸得越高，尤其是唸到大學畢業，那社會上很多工作都能找得到，這樣才能讓家人共同過穩定的生活。」

「對耶！媽媽您以前也有讀書嗎？」

「當然有。」

「那媽媽有唸到高中、大學嗎？」

陳芳芳輕輕搖頭，和藹的說：「媽媽只有唸到初中。」

「初中畢業也很了不起了。市場裡頭賣菜的王大媽，賣豬肉的簡叔叔他們都只有唸完國小。」

「佑寧，你要知道不是每個人都那麼幸運，家裡都有錢供應他們唸初中、高中。爸爸媽媽一心希望你好，所以無論如何只要你考得上，都會盡可能供你往上唸。你要知足，更要惜福，知道嗎？」

許佑寧經媽媽提點一番，第一次開始反省自己有書唸其實不是一件可以隨便看待的小事。但自己平常不怎麼認真讀書，想到這裡覺得有點慚愧。

第八章

媽媽病倒了

力強中學游泳隊教練對許佑寧提出邀請的消息，沒幾天便傳遍整個學校。許佑寧這天才走進學校大門，就覺得周遭的老師、同學好像都看著他，不知道在說些什麼。

許佑寧檢查自己全身上下，心想：「我是忘記把褲子拉鍊拉上，還是襯衫的釦子沒有扣對？怎麼好像大家都用奇怪的眼神盯著我看。」

為了逃避大家的眼神，許佑寧加快腳步跑進教室，坐到自己每天熟悉的位子上，有種放鬆的感覺。

坐在旁邊的同學，臉上總是不知道為什麼沾有墨水的李花貓，嘻嘻笑著朝許佑寧看過來。

許佑寧實在忍不住了，主動問道說：「幹嘛？今天大家是怎麼回事，現在連你也怪怪的，花貓快告訴我，等一下中午給你魚吃。」

李花貓說：「我才不要吃你便當裡頭的魚，我只吃我媽咪做的。」

「不吃就不吃，我媽媽做的醋溜黃魚可好吃了。」

「黃魚？上哪兒能買到黃魚。」

「我也不知道，我媽媽是用吳郭魚，但她說這道菜食譜裡頭就叫做『醋溜黃魚』，所以她也跟著說。」

「那應該叫醋溜吳郭魚吧！哈哈！」李花貓取笑說。

「你說是不說。」

許佑寧過去，假裝要掐李花貓的脖子。李花貓大驚失色，退後兩步說：

「就也沒什麼……應該是大家聽說你要去台北唸力強中學，都很驚訝！」

許佑寧退回自己的位子，有點苦惱的說：「這件事情八字都還沒一撇，早的咧！」

「可是我聽大家說人家學校的游泳教練很欣賞你，要收你當學生。」

「那個啊……但我得在明年全國比賽中拿到前六名才有機會。」

許佑寧想起昨天對高叔叔說了大話，現在有點後悔，他應該要問高叔叔除了拿到前六名還有沒有其它辦法。

睡一覺起來，頭腦清醒了，煩惱也跟著來了，昨天很有把握的事情，今天想來卻沒有太大的把握。

胡復凱這時候過來湊熱鬧，他也聽說了昨天的事。以他讀書的水平，要考上全縣最好的初中不難，但身為訓導主任的老爸叫他一定要唸中部最好，也就是台中的初中才行。身為長期的全班第一，他也不是沒有壓力。

台北的力強中學是很不錯的學校，胡復凱聽了有點嫉妒，覺得自己功課那麼棒，怎麼反倒人家卻對一個頭腦簡單，四肢發達的人有興趣。

胡復凱酸溜溜的說：「人家老師真的有要收你嗎？全國前六！聽起來怪沒有什麼誠意的，該不會只是想逗你開心。」

「阿凱，你這樣說不好吧！」李花貓聽出胡復凱話中的酸味，打圓場說。

「我只是照自己看到的事實說，不愛聽就算了。」胡復凱假惺惺的說。

「嘿！該不會你是在嫉妒吧？」

許佑寧從昨天就心煩意亂的，現在聽到胡復凱在那邊潑冷水，一改平常的

沉默，反譏道。

「嫉妒？我……我幹嘛嫉妒你啊！以我的實力，台灣哪一間初中我考不上。我、我……我跟你說，我以後要讀台中一中，然後讀台灣大學，當科學家，發明火箭。」

「聽起來也沒有很實際嘛！」許佑寧用手比出一枚火箭，先是做出火箭升空的動作，然後火箭又隨即掉下來。許佑寧雙手攤開，比出火箭墜地爆炸的樣子。

「我是有實力的人，像你這種沒有實力的人怎麼能理解。」

「實力？你的實力還不是靠你爸撐腰得來的。」

「你說什麼，有種再說一遍！我讀書考試都是靠自己，從來不作弊。」

「我也沒作弊啊！」

「你沒作弊是因為你作弊也沒有用，怪誰！喔……對了，我聽說你平常跟媽媽兩個人住在一起，而你媽媽只有小學畢業吧？哼！哪能跟我家比。我爸爸

媽媽可都是師專畢業的老師。」

「聽你在放屁，我媽媽有初中肄業好不好！你爸爸唸的師專不過就是給那些考不上高中的人唸的而已，我爸爸可是在唸博士，博士喔！」

「唸博士，然後呢？唸博士的家庭為什麼還需要媽媽幫別人縫衣服、修補丁。我爸爸說你爸爸肯定是在台北讀一些不中用的博士，什麼哲學、歷史的，才會唸了半天一點成就都沒有。」

先是媽媽，接下來是爸爸，許佑寧聽到胡復凱接連污辱自己的爸爸媽媽，怒火攻心的衝上前就要給胡復凱一拳。

胡復凱大概也是家裡讀書這方面的事情逼得緊，一股怨氣早就等著要宣洩，一反過去唯唯諾諾的常態，和許佑寧揪住彼此的領子，打了起來。

早自習時間，本是學生們讀書、考小考，相當寧靜的時刻。丁班教室裡頭可是鬧哄哄一片，許佑寧和胡復凱彼此推擠、拉扯，大家都想給對方一頓排頭吃。

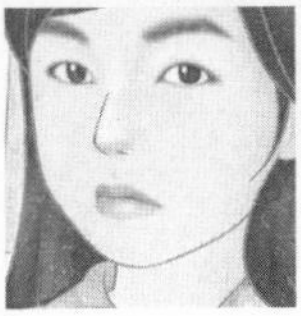

胡復凱沒打過架，也不大運動，個頭更是比身為運動健將的許佑寧矮上一顆腦袋。

剛開始靠著蠻幹還可以跟許佑寧打個平手，沒兩下立即落居下風，臉上、胸口都挨了許佑寧幾記。

本來這個早自習應該要進行小考，簡婉茹走到第一排座位前面正要發考卷，就看許佑寧和胡復凱打成一團。

同學們都在看好戲，沒有人上來勸架，只是鼓譟。鼓譟的聲音很大，驚動了周圍其它教室裡頭的老師和學生。

廖老師這天早自習也不過就晚了五分鐘到教室，才走到丁班的走廊上，就聽見教室裡頭叮鈴哐啷、唏哩嘩啦，又是學生的叫喊聲，又是桌椅摩擦聲。他知道大事不妙，三步併作兩步衝進教室，見到混亂的情況，摸著額頭，一臉沒好氣的上前把胡復凱跟許佑寧兩人拉開。

「都給我住手！」廖老師拉開許佑寧跟胡復凱兩人，對他們厲聲叱喝。

胡復凱和許佑寧兩人怒目相視，前陣子好不容易才混熟一點的交情，眼看就這麼煙消雲散。

簡婉茹怕廖老師生氣起來，可能會拿起藤條將許佑寧和胡復凱痛打一番，鼓足勇氣走近老師，說：「老師，都是我不好。我身為班長應該要阻止他們，可是我還來不及這樣做，他們就打起來了。」

廖老師氣歸氣，但總得先問清楚事情的來龍去脈，對兩人說：「你們誰先跟我解釋一下，為什麼打架？」

胡復凱搶著告狀，指著許佑寧說：「是他先打我的。」

許佑寧不甘示弱，指著胡復凱說：「誰叫他罵我爸爸媽媽。」

「我哪有！」

「你哪裡沒有？不信可以問同學，像李花貓就有聽到你一直講我爸爸媽媽的壞話。」

「講壞話又不等於罵。」胡復凱狡辯說。

廖老師望向李花貓，對他說：「花貓，你可以把你看到的情況跟老師報告嗎？」

聽著三方不同的說法，廖老師正在釐清情況，好給予適當的處罰。另一方面，他也不希望事情鬧大，畢竟胡復凱的爸爸可是訓導主任，要是沒處理好，到時候苦的可是自己。

想到訓導主任的嘴臉，廖老師頭痛不已，他要是真給他們兩人各五十大板，就怕到時候訓導主任找自己興師問罪，說怎麼把自己兒子打成這樣。但事情看來並不是許佑寧單方面的錯，身為老師，他必須要公正。

廖老師正猶豫著，下不定決心該怎麼處理，訓導主任偏偏在這時走進來。廖老師見了，嚇得只能目送訓導主任走到他和同學跟前。

訓導主任看廖老師一臉驚恐，「哼」了一聲，對許佑寧說：「你是許佑寧吧？」

「主任，我是。」

「剛剛省立醫院來了通電話，說你媽媽昏倒了。我請警衛先生騎腳踏車載你過去，你現在書包收拾一下，快去門口找警衛。」

「怎麼會……」

許佑寧不敢相信，出門前還好好的享用了媽媽做的早餐，同她道早安，才一轉眼功夫，竟傳來惡耗。

也不管和胡復凱的衝突，他抓起書包就往門外衝。

第九章

不知情的爸爸

警衛先生踩著腳踏車，許佑寧坐在後座。

「媽媽、媽媽、媽媽……」

許佑寧的腦海轟隆隆的，什麼東西都進不了眼眶裡；什麼聲音也聽不進耳朵裡。自他有記憶以來，爸爸幾乎都在台北讀書，一年回來不到十次，隨著他從低年級一路唸到高年級，爸爸回家的時間越來越少。

媽媽，許佑寧的生活一直離不開的就只有媽媽。

「如果有天媽媽不在了？」這個問題許佑寧想都不敢想，在他的認知裡頭，這是絕對不會發生的事。

省立醫院的位置頗為尷尬，剛好在白羊鎮的鄰鎮，平常走路總要至少半個小時以上，其實不是非常方便。裡頭的醫生大多是轉單位的軍醫，一般孩子都不喜歡去，因為裡頭的醫生總有特別肅殺的氣氛，感覺不是很和藹可親。

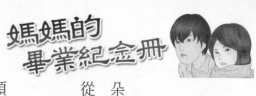

警衛先生車還沒停好，許佑寧見到醫院大門就從腳踏車後座跳下來。

「你幹什麼？莽莽撞撞的。」一位護士正扶著一位老先生要走出省立醫院

大門，剛好被衝進來的許佑寧擦撞到肩膀，她回頭白了許佑寧一眼，許佑寧根本沒瞧見，飛也似的就往裡頭衝。

站在醫院的走廊上，只見到來來往往的護士、醫生，以及坐在靠牆板凳，等候看診的病人。許佑寧六神無主，他張望半天，這才想起自己根本不知道母親到底在醫院什麼地方。

許佑寧走到櫃台，對護士小姐說：「對不起，我想要找我媽媽。」

護士小姐正在吃早餐，嘴裡塞著饅頭，見他一個小孩子大清早的跑這兒來，好奇問道：「小朋友，這時候你應該在學校，怎麼在這裡？」

警衛先生停好車，看到許佑寧衝進醫院，他跟著急急忙忙進來。見許佑寧在櫃台前，和護士小姐雞同鴨講沒有共識，便過來幫忙解釋：「護士小姐，這孩子的母親稍早被送來醫院，我們接到通知便趕過來了。」接著問許佑寧：「你母親叫什麼名字，快跟護士小姐說。」

「陳芳芳。」

「我查一下。」護士小姐翻閱紀錄簿，對許佑寧說：「陳芳芳小姐被送到112號病房。」

聽到病房號碼，許佑寧又開始跑，把醫院走廊當成田徑場。警衛先生看著許佑寧的背影，說：「唉！可憐的孩子。」

到了112號病房門口，許佑寧反而裹足不前，他有點害怕，不曉得病房裡頭有什麼未知的事物等著他。

病房的門沒有關上，許佑寧探出半顆頭往裡頭看，正巧和站在陳芳芳病床旁邊，正在看診的醫生四目相交。

許佑寧的眼睛和醫生的眼睛一接觸，連忙躲開，整個人縮回門外頭的牆邊。

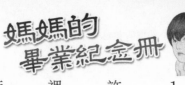

陳芳芳順著醫生的視線往門外看，問說：「怎麼了？」

「沒什麼，見到一個調皮的小男生，我猜是妳兒子。」

陳芳芳笑出來，她母子連心，剛想到兒子，而兒子果真出現，撐著虛弱的

身子，微微張口對醫生說：「嗯！我想是吧！」

「我去叫他進來。」

醫生悄悄走到門口，見許佑寧還躲著，對他說：「小朋友，你是來找媽媽的吧？」

「嗯！」許佑寧見醫生問了，立正站好，對醫生說。

醫生領著許佑寧走進病房，來到陳芳芳床邊。醫生是孩子們眼中極為敬畏的對象，除了生病看病之外，許佑寧從來沒有如此近距離的跟醫生接觸，有點不大自在。

醫生對於許佑寧的反應早已見怪不怪，貼心的說：「你們母子應該有話要聊，我先出去好了。」

許佑寧這時一把抓住醫生，從他臉上冒出的冷汗，看得出緊張的樣子。許佑寧問醫生：「醫生，請問我媽媽生了什麼病？」再怎麼緊張，對於母親的關切之情超越了平常那個內向的自己。許佑寧見母親神智清醒，更加不解母親怎

麼會被送來醫院。

阿嬌姨拎著一袋柳橙，一進病房就見到醫生和陳芳芳母子，說：「芳芳，我剛剛去市場幫妳買了一大袋橙，人家都說橙子對身體好，我等一下切給妳吃。」又摸摸許佑寧的頭，說：「你媽媽沒事兒的，不用擔心。」

「是阿嬌姨送媽媽來的嗎？」許佑寧對阿嬌姨問。

「是啊！還正巧咧！我剛好約了今天早上要跟你媽一起去市場挑幾隻雞，好在我兒子喜宴上弄個雞腿油飯，結果才進你們家門兒就看到你媽趴在地上，把我給嚇壞了。」阿嬌姨講話手臂揮動的動作很大，本來沒什麼的事情，見她這樣子激動好像變成有什麼了。

醫生這時插話，對許佑寧說：「小朋友，你母親剛送來的時候昏迷不醒，但現在意識清醒多了。不過，我們還需要觀察一段時間，進行詳細的全身檢查才能清楚原因，所以你剛剛問的問題，我現在沒有辦法回答你。」

陳芳芳怕兒子擔心，勉力舉起手，摸摸兒子的小臉蛋兒，說：「不好意

思，讓你看到媽媽這麼虛弱的一面。但你不要擔心，很快媽媽就會好起來，回家給你做晚飯。」

「我會乖乖的，您不用擔心。」許佑寧對媽媽說。

「我知道，佑寧最乖了。」

醫生趁母子倆交談之際，說：「請問妳先生在家嗎？全身檢查至少要兩三天，至少今天晚上妳是非得住院不可了。」

聽到要住院，陳芳芳想要把身子撐起來，奈何身子骨實在不爭氣，想發力卻發不了，只能盡量大聲說：「醫生，我想住院這個應該就不需要了，我還能走，至少傍晚讓我回家替兒子做個晚飯。」

阿嬌姨搶著說：「芳芳，妳就別操這個心了。佑寧什麼晚飯、早飯的，三餐我這兩三天都幫他包了。妳只管好好養病，我兒子的喜宴還指望妳這位好姊妹出席為我們增輝呢！」

見阿嬌姨一片好意，兒子也到了即將要唸初中的年紀，她對佑寧很放心，

只是有點捨不得。可是現在不管自己怎麼堅持，事實擺在眼前，身體就是需要休養，於是說：「那好吧！只是要麻煩大家，累了兒子，實在是……唉！這怎麼說呢！」陳芳芳眼睛一熱，話語哽咽了起來。

許佑寧抱著媽媽的腰，說：「媽媽，我會很乖很乖，每天都會乖乖讀書、寫作業，您不用擔心。我還會寫信給爸爸，讓爸爸回來看您。」

「千萬不要！」陳芳芳大叫，見許佑寧有點被她嚇著，放平聲音說：「你爸爸在台北讀書非常辛苦，不要再讓他操心了。答應媽媽，你絕對不可以跟爸爸說。」

「好。」許佑寧很聽母親的話，見母親覺得自己主意不好，隨母親的決定改口。但他心中，其實還不大理解為什麼母親堅持不讓爸爸知道家裡的情況。想要說的話，面對自己最愛的家人，為什麼反而就不能坦蕩蕩的說出口。

看著孩子，陳芳芳心底清楚，許佑寧外表剛強，內心其實膽子不大，可能還比同年齡的孩子更幼稚些。很多事情，她覺得不應該給孩子知道，只怕會嚇

著他，或是影響他們的童年。

「孩子的童年應該要快快樂樂，不該跟自己的童年一樣……」陳芳芳面對許佑寧天真無邪的雙眸，突然想起自己小時候生活的困頓。又想到許佑寧才說有個能夠上台北唸好學校的機會，緩緩對兒子說：「佑寧，你可以幫媽媽一個忙嗎？」

「什麼忙？」

「媽媽一直有個遺憾，就是沒有唸完初中。」陳芳芳談起這件事，臉上掛著笑容，那笑容笑得不是很盡興，但也並不悲傷。

「媽媽妳不是初中肄業嗎？那不就是有唸完，只是沒有拿到畢業證書的意思？」

「說真的，媽媽真的沒有唸完，連畢業典禮都沒有參加。」

「這樣很可惜呢！」

「初中有很多回憶，很棒很棒的回憶，可是現在，唉……老了，不中用

了，好多都想不起來。也許這次病倒，對我來說反而是一件好事，我終於有時間可以好好回想以前那些開心的事。所以，可以幫我把初中的畢業紀念冊拿來嗎？媽媽想看。」

「當然沒問題！嗯……媽媽，您那時候為什麼不把初中唸完呢？」

陳芳芳望著孩子的眼神變得更加柔和了，不知道是不是因為許佑寧這個問題，或者是因為孩子的這個問題引發了她的某些想法所造成。

「說來話長，真的是說來話長。」

「沒關係，我想聽。」

「想聽？話說現在應該是上課時間，你還坐在這邊，媽媽想你應該趕快回學校上課。」

許佑寧用力搖頭，他可不想錯過母親說故事。

第十章

寒假即將來到

陳芳芳正要開口，突然喉嚨被一口痰給噎住，她止不住咳嗽，咳到臉色先是發紅，接著發白。

「護士！」醫生叫護士進來，他幫陳芳芳拍背，並且吩咐護士拿抽痰機來。

陳芳芳抽痰後，終於止住咳。

一陣咳嗽好像把她身上的精力都給榨乾，她躺在床上，不斷喘氣，好像連呼吸都很吃力。

許佑寧看得很心疼，並且不知道該怎麼辦，他不知道自己能幫上什麼忙，只能站在醫生和護士屁股後頭，焦急的看著一臉不舒服的母親。

陳芳芳帶著倦容，把不舒服的感覺壓抑下來，她伸出手，許佑寧見了趕緊和母親的手緊緊相握。

「佑寧，有些事情你恐怕得自己去找答案了。」陳芳芳才講完，眼皮闔上，再也沒說話。

醫生抓起她的右手，用食指和中指測量她的脈搏，然後拿起聽診器在她胸口聽了一陣子，對阿嬌姨和許佑寧說：「放心吧！我想陳小姐只是太疲倦，現在她睡著了，讓她休息半天就好。」

「原來是睡著，差點把我嚇得心臟都要跳出來了。」阿嬌姨拍拍自己的胸口說。

許佑寧不在學校這幾個小時，廖老師見許佑寧去找媽媽，訓導主任看來沒發現教室稍早發生的衝突場面，乾脆裝作沒這回事，就讓胡復凱回到位子上。

簡婉茹目睹這一切，她沒辦法像廖老師一樣坐視不管。

第一節下課，簡婉茹就跑去找胡復凱，胡復凱見到簡婉茹找上自己，喜出望外，還以為是自己每天跑去找石頭公祈禱可以跟班長感情越來越好的願望得到實現。

「婉……我是說班長，妳找我？」胡復凱聲音細細的，生怕太過粗魯會驚動簡婉茹，把她嚇跑。

簡婉茹對胡復凱，不但沒有給好臉色，劈頭第一句話就讓胡復凱發現原來簡婉茹是來找自己興師問罪的。

「胡復凱，你知道自己剛剛那樣對許佑寧說話很過份嗎？」

其實胡復凱冷靜下來之後，自己也覺得剛才說的話很不得體。可是現在眼見簡婉茹在幫許佑寧講話，他又開始有點心態不平衡，但終究是自知理虧，小聲說：「喔……」

「我沒聽見。你是個男人吧？是男人就大聲一點！」

「我知道錯了，這樣可以了吧？」

「你跟我說有什麼用，等一下許佑寧回來，你當面跟他道歉。」

「當面！我不要！」胡復凱覺得自己縱使有不對的地方，可是自己跟別人不一樣，尤其跟只會運動，腦袋裝豆腐的全班倒數幾名，自己實在沒有必要放低姿態。

「胡復凱，每個人家裡的情況都不一樣，這你很清楚的。大家都知道，你是全校最聰明的學生，我相信做人做事的道理你不會不懂。」

「妳說我是全校最聰明的學生？」

「對啊！」

「妳也認為我是全校最聰明的學生。」

「嗯！嗯！」

聽到簡婉茹稱讚自己，胡復凱有種飄飄然的感覺，突然他覺得拉下臉這種事情其實沒有什麼大不了，說：「也是，我爸爸常說『大丈夫能屈能伸』。等許佑寧回來，我就向他道歉。沒問題，包在我身上。」

「另外還有一件事我剛剛忘了說。」

「除了我是全校最聰明的學生以外，還有什麼事？妳說吧！」胡復凱以為簡婉茹還有什麼好話要告訴他，喜孜孜的對簡婉茹說。

「你自以為是的程度也是全校排名前三的。」

「啥！」

胡復凱這下多少可以體會許佑寧從天堂跌到地獄的感覺，他又問簡婉茹：

「妳也認為我很自以為是？」

「對。而且我告訴你，雖然我爸爸媽媽都只有國小畢業，但是我們家過得很幸福。」

「如果妳覺得國小畢業就很幸福，那妳幹嘛那麼用功讀書？」胡復凱說。

才剛說完，他就覺得自己這個問題可能會傷到簡婉茹的心，但想要收回已經來不及。

「因為我有我的志向。」

簡婉茹說起來有點信心不足。對於自己的志向，她雖早已立下，但也知道距離達成的目標還很遠。

「你說你想要當科學家、想要做火箭，為什麼？」

「從小爸爸媽媽就買一堆書給我看，我看書裡頭描述宇宙，都說宇宙很寬

廣。我想要造太空梭、飛行船、火箭，因為這樣我就能探索宇宙。」

「你真幸福，我爸爸媽媽從來沒有買過課外書給我看。」

「那妳的志向呢？」

「我想要當一位醫生。」

「當醫生，很多人都想當醫生，當醫生可以賺很多錢，而且很受人尊敬。當醫生很棒，如果當不成科學家，我可能會考慮當醫生。」

「也許當醫生真的很賺錢，但重點是當醫生可以幫助人，尤其那些沒有錢看病的可憐人，我希望可以幫他們看病。」

簡婉茹的肺腑之言，讓胡復凱聽了之後，對於她的感覺更加無法自拔。他發現簡婉茹不但外表好看，連內心都比一般人更加美麗、有愛心。

不自覺，胡復凱雙眼的焦點定在簡婉茹臉上。

簡婉茹發現胡復凱一直盯著自己，雙頰透出桃紅，不好意思的說：「胡復凱，你幹嘛啦！」

胡復凱趕緊看旁邊，說：「沒什麼啦！我剛剛……剛剛在想事情。」

看完媽媽，許佑寧坐著警衛先生的腳踏車回到學校。這時第三節課剛結束，學校裡頭到處都是趁著下課在玩耍的孩子們。

許佑寧低著頭，沒有什麼精神的走回自己的教室，他覺得這兩天的生活太過刺激，讓他有點負荷不了。

先是原本擔心的初中考試，似乎有了一絲希望，甚至可能會有一個美好的結果。

但很快的，希望都隨著母親生病，全部變成一場惡夢。

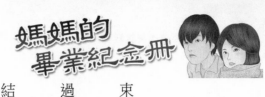

胡復凱見到許佑寧，沉默了一下子，瞥見簡婉茹遠遠的盯著自己，便跟他說：「許佑寧，早自習的時候我說錯話了，對不起。」

許佑寧淡淡回了聲：「嗯！」

胡復凱心裡怪不是滋味的，可是他第一次見到許佑寧愁容滿面的表情，關

切問說：「你還好嗎？」

胡復凱不大會處理別人難過的情緒。

簡婉茹見到許佑寧的表情也覺得不大對勁，過來向胡復凱使了眼色，要胡復凱告訴她剛剛許佑寧說了些什麼。

胡復凱雙手一攤，意思是「我不知道」。

簡婉茹見狀，只好親自問許佑寧：「佑寧，你臉色不大好，有什麼不舒服的可以說出來，說出來會好一點。」

「唉……我媽媽她好像病得很重，我不知道該怎麼辦。」

「那醫生有說什麼嗎？」

「醫生跟我說沒有關係，媽媽很快就會好起來。」

「那就好！你不要擔心，醫生不會說謊的。醫生說你媽媽會好起來，那就是真的會好起來。」

胡復凱不忘在旁邊附和簡婉茹的話：「對對對，醫生不會說謊的。」

「但願是這樣就好了。可是……」

「可是什麼？」

許佑寧對胡復凱與簡婉茹，把媽媽初中沒有唸完的事情跟他們說了。

「這聽起來，好像有什麼隱情呢！」胡復凱平常喜歡看書，尤其喜歡看推理小說。福爾摩斯、亞森羅蘋，或是克利斯蒂等等偵探小說他早就看得滾瓜爛熟。

聽完許佑寧的描述，不禁喚起許多他讀過的小說中，那些隱藏各種故事與陰謀的情節。

對許佑寧來說，他是說什麼都要解開這個謎題，因為媽媽現在恐怕已經沒有力氣讀那本畢業紀念冊，可是畢業紀念冊中卻藏著媽媽年輕時候的回憶。而那個回憶中有媽媽沒有唸完初中的原因，更重要的是那個原因使得媽媽留下了遺憾。

「媽媽平常已經夠辛苦了，現在又生了病，躺在醫院。我不能讓媽媽更操

勞、更擔心。如果我能知道媽媽沒有唸完初中的原因，或許就有辦法彌補媽媽當年的遺憾，這樣媽媽就會開心了吧？如果媽媽開心，病一定會好得比較快。」

許佑寧想要幫助媽媽，尤其在不能讓爸爸知道，而媽媽現在看起來最需要幫助的時候。

簡婉茹對於推理小說雖然有興趣，但她沒讀過幾本，要是有時間讀書，她都把時間花在教科書與參考書上，很努力的為成績努力。

但對於許佑寧的煩惱，她很誠摯的打開心胸去聆聽，也很好奇許佑寧的媽媽留下這些話，那其中的遺憾究竟有些什麼樣的意涵。

她覺得如果能夠解開這個謎題，或許許佑寧就會開心一點，他和媽媽之間也能夠更貼近彼此的心。

「寒假就要來了，屆時如果你要找出答案，我願意陪你一起去找！」簡婉茹說。

作為道歉，也為了滿足好奇心，更為了要增加與簡婉茹相處的機會，順便在她面前逮住這個機會表現「全校最聰明學生」的聰明腦袋，胡復凱跟著說：

「也算上我一份，賭上我胡復凱『全校最聰明學生』的名聲，我們一定能把真相找出來！」

第十一章

拒絕輔導課的孩子

寒假前的最後一天，對新新國小六年級的學生來說沒有特別的意義，除了春節那一個禮拜，其它時間他們的作息都和平常沒兩樣。除非得到家長特別允許，不然孩子們都要來學校上輔導課，準備即將到來的初中考試。

陳芳芳在醫院住了一晚，回到家之後，身子還是十分虛弱。

阿嬌姨等街坊鄰居倒是熱心，常常來噓寒問暖的。許佑寧是位懂事的孩子，自己照顧自己也沒太大問題。

大多數時間，陳芳芳都躺在床上，頂多就在家門口的小院子散散步。她沒有過問許佑寧的寒假計畫，當然更不知道許佑寧偷偷的把她的初中畢業紀念冊拿出來，計畫著要揭開媽媽當年沒有讀完初中的真相。

何況對於許佑寧來說，他有一個非常冠冕堂皇的理由，可以在媽媽問到輔導課的時候回答。

「輔導課雖然很好，但那是對一般要參加初中聯考的孩子們來說；為了爭取進入力強中學的機會，我必須把全副精神花在游泳訓練上。」

陳芳芳的畢業紀念冊就放在客廳，與書櫃上林林總總先生多年讀書累積的各類書籍放在一起。

過去，許佑寧從來沒有特別看過，更甭提想要看的欲望。

現下，畢業紀念冊許佑寧拿在手上，紅色精裝的封皮，裡頭陳列著當年老師與學生的黑白大頭照。大頭照底下有名字，翻到最後面有同學的名字與地址，這就是所有能夠聯絡的線索。

寒假的第一天，許佑寧與胡復凱、簡婉茹相約在白羊鎮西方，一片鳳梨園外圍，長著一棵百年大榕樹，樹蔭下的一座小土地公廟。

老天很賞臉，在寒冬中特別賜與白羊鎮得以被溫暖冬陽照耀的榮幸。

約定的時間，早上七點鐘，許佑寧帶著媽媽的畢業紀念冊第一個到。沒多久，簡婉茹和胡復凱都來了。大家穿著便服，和平常感覺不太一樣，多了分輕鬆。

「胡復凱，你這件外套看起來好保暖喔！」許佑寧見到胡復凱身上那件蓬

鬆的羽絨外套，說。

「你們都不覺得冷嗎？呼……寒假什麼都好，就是冷颼颼這點不好。」胡復凱見許佑寧穿著一件卡其外套，簡婉茹雖然穿著長褲、長袖，但身上那件外套大概也只有自己身上那件的一半厚，一邊打著哆嗦、一邊對他們說。

「今天有出太陽，其實還蠻溫暖的。」簡婉茹朝向陽光，讓陽光得以灑在自己全身。

「窩在家裡不是比較好嗎？我們可以找個室內的地方談。」胡復凱提議。

「放心，過一會兒太陽曬一曬，你就不覺得冷了。更何況，我們都沒參加輔導課，到時候在街上逛來逛去，肯定會被大人抓去問。」

「這倒也是。」

「你們的理由都是什麼，尤其是胡復凱，你爸爸怎麼會放心讓你不參加輔導課？」許佑寧心裡感激簡婉茹和胡復凱願意幫自己的忙，但也為他們擔心。

「我沒問題，我爸爸覺得我去參加輔導課也只是浪費時間，還不如自己在

家看書、寫寫參考書的題目。而且寒假期間我爸爸幫我找個一個讀國立大學的大哥哥當家教，我只要每個禮拜跟家教老師上兩次課就好。另外，嘿嘿……我老爸每天都要去學校盯著，所以我平常愛怎麼樣都行。」胡復凱平常讀書辛苦，今年寒假聽起來倒是比其他同學們輕鬆。

「婉茹，妳呢？」

「我想在家裡幫父母的忙，而且我爸媽他們不清楚輔導課是怎麼一回事，所以也沒問我什麼的。哎喑！書我想自己唸就可以了。」

「不知道廖老師會不會當抓耙仔，如果他跟妳爸爸媽媽說，那不就慘了。」

「謝謝你們，對你們來說準備初中考試應該很重要，卻為了我而犧牲了寶貴的上課時間。」

「許佑寧，這麼客氣就不像你囉！事不宜遲，快點把你媽媽的畢業紀念冊給我們看，我們來想想要怎麼做比較好。」胡復凱對許佑寧說。

「我已經想過了。」許佑寧攤開畢業紀念冊，上面有些地方被他用淡顏色的鉛筆畫了線。他對兩位朋友說：「我找到媽媽唸的班級，然後畢業紀念冊最後面的地方有大家的地址，我們可以按照地址去找。」

「一、二、三……哇！你媽媽這一班有四十五位學生，那我們不就要找四十四個人，這樣一個一個問，更何況搞不好有的人都已經搬家了，這樣我們要怎麼樣才能全部問完？」

「不需要全部問完吧！也許第一位我們問到的叔叔或阿姨就有答案，這樣我們就不用再繼續往下問啦！」簡婉茹樂觀的表示。

「這樣說也對。」胡復凱說。

「確實跟婉茹說的一樣。另外我也沒有打算全部問，我有我想要鎖定的對象。」

許佑寧翻到畢業紀念冊封底裡的空白頁，頁面上有三個人的簽名和祝福。畫了一個四方框，在框裡頭寫道：

> 芳芳，很高興能夠跟妳在同一間國中同班三年，雖然妳最後做的決定死黨們都反對，可是大家還是尊重妳。只是大家都為妳惋惜，畢竟妳是我們最敬愛的班長大人。
>
> 祝妳離開學校後，一切順利。
>
> 建銘

四方框左下角，靠近頁面邊緣處，簽名看起來是位男生的名字，但他的筆跡很秀氣，頗有女孩子的味道，他沒有畫框，藍色原子筆的墨跡寫著：

> 親愛的陳芳芳，我們永遠都會是好朋友，不管未來妳遇到什麼困難，只要我能幫上忙的，儘管跟我們這些死黨們說吧！
>
> 友誼長存。
>
> 成業

頁面中間，畫著好幾顆愛心，充滿少女情懷的塗鴉，筆跡非常隨性奔放的寫著：

芳芳，原來妳比我還任性。這樣說或許不對，但我還是不能接受在畢業典禮的時候看不到妳。我們當初可是約定好要一起畢業、一起唸高中、一起唸大學，以後還要一起談戀愛，妳忘了嗎？

好啦！可能我比較情緒化一點，但不管怎樣妳永遠都會是我的好姊妹。不要忘了我，我也絕對不會忘了妳。不管未來妳去哪裡，做些什麼，有空就給我捎封信。

永遠永遠是妳的姊妹。

好珊

簡單寥寥幾筆，祝福的話卻充滿無窮的力量。

許佑寧三人看完，心中都覺得有股暖流，好像這些同學給陳芳芳的話，那些發自內心的祝福，他們身為旁觀者也能感受得到。

許佑寧說：「我對照他們的名字，發現他們都是媽媽同班的同學，分別是王建銘、李成業和章妤珊。」

「所以我們從伯母的好朋友下手，這樣會比較容易找到答案。」簡婉茹瞭解許佑寧的意思。

「沒錯，我就是計畫這樣。」

陳芳芳算是第一代在台灣長大、唸初中的外省移民。

時光飛逝，許佑寧不曉得畢業紀念冊上頭記錄的這些人，他們是否還住在原先的地方。

許佑寧抱著忐忑不安的心情，以及很簡單的心願，他想要知道堅毅的媽媽為什麼會放棄繼續讀書的機會。

循著畢業紀念冊找出來的三位媽媽的朋友，他們的住址距離白羊鎮都有一段距離，需要走好一段路，位於搭乘公車才能抵達的市區。

第十二章

大搜索：賣冬瓜茶的王叔叔

阿嬌姨帶著水果，走到許佑寧家，透過圍籬看到陳芳芳坐在院子的板凳上，正在曬太陽，用熱情的笑容對她說：「芳芳，妳氣色好多了。」

陳芳芳招呼阿嬌姨進來，說：「阿嬌姨，妳又帶水果來了。我只是生了一場小病，不用這樣三天兩頭送東西來，怪不好意思的。」

「沒關係，大家老鄰居了。咦！沒見到佑寧，小傢伙去學校上輔導課了嗎？」

「我想應該不是吧！」

「不是？他不是六年級了，這可是要準備初中聯考的重要時刻，人要是不在學校上輔導課，那是到哪兒去了。」阿嬌姨比陳芳芳著急得多，見陳芳芳一副老神在在的樣子，頗為慌張的說。

「兒孫自有兒孫福，我們這些做媽的瞎操心也沒有用。」

「芳芳，怎麼生了場病，妳把事情看得這麼開。」

「可能因為躺在醫院那兩天，讓我想起了許多以前的事情。」

「芳芳，妳有什麼煩惱可以跟我說，再怎麼樣我都算是妳的長輩。」

「阿嬌姨，我爸媽走得早。他們跟妳一樣都是從大陸撤退過來的，那時候剛來到台灣，連自己的家都沒有。父母突然的去世，讓我感到措手不及，一時之間也不知道該怎麼處理，過了一段非常艱辛的日子。」

「妳先生有次回來，跟我稍微聊到，所以我大略知道妳以前曾經辛苦過一陣子。但那都過去了，不是嗎？」

「但孩子們不懂，他們這一代很幸福，出生就有書可以唸，不像我們以前。佑寧的爸爸雖然經常不在家，但我們家自給自足的，沒有少給孩子什麼。有些道理卻也因此成了書本上的字，孩子們光是讀，沒有體會，根本不懂。」

「這倒是，但我們做媽的哪個不希望孩子們過得好，過得開心。他們不懂也就罷了。」

「我本來也這麼想，可是前陣子我聽佑寧說他要去台北讀書，我一聽到就放不下心。」

「這我能瞭解，看著孩子長大，怎麼能那麼輕易的接受孩子說走就走。不過妳兒子也真有辦法，能讓力強中學的教練親自跑一趟，以後肯定不簡單。」

陳芳芳沉默了半晌，說：「但我看得出佑寧還有猶豫，現在要是讓他去，只怕最後在台北那個花花世界會讓他迷失方向。」

「那該怎麼辦？給佑寧一個行前教育。」

「嗯！那就是我正在做的。我給孩子出了一個謎題，希望他能夠解開。喔！不！我相信佑寧一定可以解開，並且從中瞭解一個道理。」

「什麼道理。」

陳芳芳笑而不答，她冀望許佑寧能夠親自告訴她這個答案。

對許佑寧三人來說，尋找答案的旅程，就像是一場遠足。他把存了好幾年的小豬撲滿打破，把零錢裝進一個媽媽用米袋做成的小包包，然後放進自己隨身背包，用自己存的錢來支付旅途中的一切費用。

白羊鎮聯外道路，大馬路旁邊是一列看不到盡頭的大樹。簡陋的鐵皮搭成

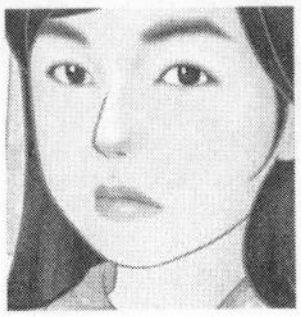

的棚子，連遮風避雨的作用都沒有，僅僅是讓公車司機瞭解這裡有一處小聚落，偶爾會有需要去市區的人們在這裡等待。

公車司機看到三個孩子要上車，笑著說：「你們要去哪裡？」

「我們要去市中心。」

「就你們三個，沒有大人？」司機先生看著他們，又看了一下許佑寧等人的身後，就只見到三個孩子，有點不放心的說。

胡復凱這時候拿出小大人的架式，說：「我們三個要做老師規定的寒假作業，得去市中心年貨大街做巡禮與調查，不然我們才不要在這種冷颼颼的天氣出門呢！」

「寒假作業，呵呵！當學生寫作業總是免不了的。」公車司機因胡復凱的話想起自己國小時候總是為寒暑假作業煩惱，現在不用寫作業了，但卻有了維持生計方面的煩惱。沒有再多作他想，讓許佑寧三人上了車。

公車緩緩駛離白羊鎮，也逐漸駛離郊區。

透過車窗，許佑寧發現青山越來越小，意味著他們離市區越來越接近。僅僅進入市區近郊的住宅區，就能發現道路上人們的數量遠比白羊鎮來得多。

約莫一個小時的車程，許佑寧三人來到市中心。

公車經過一處菜市場，來往買菜的男女老幼，以及賣菜的攤販此起彼落的叫賣聲好不熱鬧。

「好熱鬧！」簡婉茹見到來來往往的人潮，好像自己都快被人潮給淹沒了，很興奮的說。

「應該說好多人吧……」胡復凱不喜歡人多的場面，說。

帶著畢業紀念冊，以及一份從學校圖書館帶出來的地圖，他們尋找自己目前所在的位置，然後決定從距離最近的王建銘先生開始拜訪。

「大同街六巷三十八號……」許佑寧看著地圖，胡復凱和簡婉茹環顧左右，都在幫忙尋找標記的位置。

「咦！」胡復凱走沒幾步，對著巷口的木牌說：「這不就是大同街六

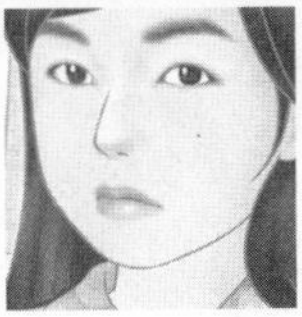

巷！」

望過去，大同街六巷不是普通住宅區，而是一條車水馬龍的菜市場。進到菜市場，裡頭有簡婉茹熟悉的味道，她從小在菜市場長大，氣味、環境她都很熟悉。本來落在兩位男生身後，現在跑上前成了先鋒，沒兩下子就找到了三十八號的門牌。

三十八號的騎樓底下有兩個攤子，一個攤子販售臘肉、香腸，春節十分應景的乾貨。另一個比較大的攤子則是用玻璃瓶裝有各式飲料，牌子上寫道，「青草茶、冬瓜茶、各式涼茶」。

簡婉茹對販售臘肉的攤子老闆問說：「請問王建銘先生住在這兒嗎？」

攤子老闆正在招呼一位大媽買臘肉，聽見簡婉茹的問話也不回答，擺手說：「去去，小孩子到別處玩耍，我正在做生意呢！」

賣茶的老闆，大概是冬天這些涼茶的生意不是很好，今天看來是乏人問津，他閒著也是閒著，聽見簡婉茹問王建銘的名字，說：「小妹妹可是要找王先生？」

「這位叔叔您知道？」

「我當然知道，王建銘就是我哥。」

許佑寧和胡復凱聽賣茶老闆這麼一說，過來問：「那請問王建銘先生現在在哪裡呢？」

「我哥哥正在後頭煮茶，你們別看現在買氣冷，我哥等會兒提著一大壺熱枇杷羅漢果茶上來，沒兩下子就賣得精光。我看你們幾個孩子大冷天跑出來，等一下要是你們買，叔叔算你們半價就好。」

「沒關係，我們找王叔叔要緊。」許佑寧說。

一位肚子大得都快比胸圍多出四五倍，大冷天他的頭上卻冒出汗珠的男子，拎著兩個大白鐵茶壺從三十八號裡頭走出來，將茶放在攤位上，拿起脖子上掛著的毛巾擦汗，對顧茶攤的老闆說：「老弟，接下來交給你了，我回頭再煮茶去。」

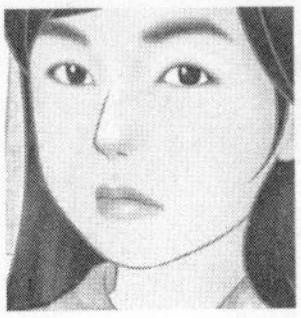

「等會兒，哥你先別忙，這邊有三位朋友要找你呢！」

「朋友？」男子左右張望，沒見到有熟識的人，問說。

「在這裡！」許佑寧對男子揮手，男子才發現肚子前有三位小孩子。

「這還真奇了，你們三個孩子找我有什麼事？」

「請問你是王建銘王叔叔嗎？」

見有人指名道姓，王建銘問說：「你們怎麼知道我的名字？」

許佑寧拿出畢業紀念冊，遞給王建銘，說：「我媽媽以前好像是你的初中同學。」

接過畢業紀念冊，王建銘翻開封底內頁，露出天真燦爛的微笑，喃喃說：「我的老天爺啊！這……我自己都快不記得寫過這些話了呢！」翻了幾頁，對許佑寧說：「難道，你是陳芳芳的兒子？」

許佑寧點頭稱是，王建銘哈哈大笑，吩咐弟弟倒上三杯熱茶，領著他們到騎樓底下坐著。

「時間過得真快，芳芳的孩子都這麼大了。你看起來……小學五六年級吧？」

「嗯！今年六年級。」

「另外這兩位看起來跟你不像，是你的朋友？」

許佑寧介紹了一下胡復凱和簡婉茹，順道說明來意。

「我就知道你們孩子千里迢迢跑來肯定不是來玩的，原來是想問你母親當年沒有唸完初中的緣由。」明明坐著不怎麼動，王建銘的額頭還是冒汗，好像對他來說現在不是正月，而是六七月的酷暑。

「叔叔您可以告訴我們嗎？」

隨著王建銘打開回憶的記憶庫，時間一下子彷彿回到了十多年前。

「你媽媽可是一位才女，我國一就跟她同班了。讀書也好、功課也好，她總是名列前茅，那時候大家都說她以後肯定能上大學，而且是國立大學。老師們也很看好她，我嘛……不大愛讀書，那時候就想著畢業後繼承家業。」

「賣茶？」

「對！這可是一門好生意，喝茶比喝那些彈珠汽水健康多了。你看叔叔多健康。」

孩子們聽了都不禁發笑，他們都覺得王建銘叔叔健康是健康，可是肚子上那三層肥肉似乎有點健康過頭。

王建銘又接著說：「所以很可惜啊！初三那時候，大家都在準備聯考。我跟大家一起準備，但心裡想著要放棄，只是為了不要破壞班上和諧的氣氛，所以假裝跟著唸。」

「假裝讀書，好痛苦的感覺。」許佑寧也曾經幹過這樣的事情，聽到王建銘這麼說，做出頭痛的樣子說。

「我爸爸說讀書以後才會有前途，才能夠過比一般人好的生活，為什麼你會不想唸書呢？」胡復凱不怎麼苟同的問王建銘說。

王建銘打量了一下胡復凱，說：「呵！叔叔看你這樣子，你應該是從小就

很認真讀書的好孩子吧！」

胡復凱驕傲的摸了一下眼鏡，說：「我可是從一年級到現在都是全班第一名呢！」

「所以你喜歡讀書？」

「當然喜歡！」

「那看到其他孩子在你讀書的時候去捉蟬、玩躲貓貓，你會羨慕嗎？」

「我、我……可能有一點吧！」

「讀書以外，你有自己想做的事情嗎？」

「有啊！還不少。像是我想要到後山觀察昆蟲，或是在房間養蠶來實驗什麼的。」

「那你有去做嗎？」

「嗯……大多時間都拿來讀書了，所以沒有。不過沒關係，我爸爸說喜歡做的事情，等以後就會有很多時間做。」

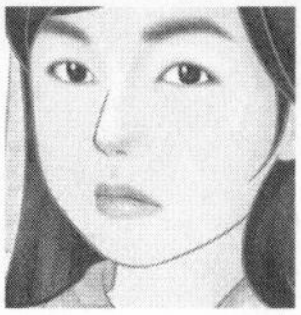

「如果一直讀書，以後你會有時間做這些事情嗎？你要唸大學嗎？要唸博士嗎？」

「可能。」

「那等你有時間去後山觀察昆蟲，或是在房間養蠶來實驗，豈不是要等到二十幾歲，甚至三十歲才有時間。你真的確定到時候你會有時間觀察昆蟲，以及養蠶？」

「可是，我爸爸是這麼說的……」胡復凱的聲音越來越小。

「你的興趣跟爸爸的都一樣嗎？」王建銘又問。

「不一樣。」

「那就對了，人都會有不一樣的，你爸爸喜歡的、覺得好的，不見得對你來說也是一樣。我並不是說你爸爸叫你讀書不好，我的意思是你除了聽爸爸說的話，也應該認真想想自己到底喜歡什麼、到底真的想做什麼。畢竟，你有你自己的想法，是吧？」

「好像有點道理。」胡復凱說，王建銘說的話語他一下子還不能完全消化，應聲說。許佑寧跟簡婉茹雖然只是在旁邊聽，但他們都受到了王建銘的話而引發了自己的思考，「我有認真思考過自己真正想做的是什麼嗎？」

「其實對於你母親初三休學，我們都很訝異。幸好那時候畢業紀念冊已經發下來了，我們幾個死黨還來得及在上面留下祝福。但說真的，對你媽媽最後沒有唸完的理由，我其實不是很清楚。叔叔建議你們繼續往下頭問，我猜李叔叔和章阿姨應該可以解決你們的問題。」

王建銘雙手扶著地，晃晃悠悠的站起身，對許佑寧他們說：「有空再來找叔叔玩，叔叔再請你們喝茶。」

臨走前，王建銘指點了一下李成業和章妤珊兩人住處的大略方向與位置。

目送三位孩子走出菜市場，王建銘轉過身子，走回房子裡頭煮下一壺茶。

第十三章

大搜索：專修電扇的李大伯

走出市場，循著王建銘指引的方向，許佑寧三人朝下一個目標前進。

離菜市場距離越遠，耳邊的喧囂就越少。

走沒幾步，回頭望了一下剛才身在其中的菜市場，簡婉茹對兩位男生說：

「真是不可思議，看畢業紀念冊裡頭那位眉清目秀的少年，現在整個人都變得不一樣了。」

「我剛剛第一眼看了也是嚇一跳，簡直沒有辦法把兩個人聯想在一起。」胡復凱呼應簡婉茹的話，表情很誇張的說，一面說還一面比劃王建銘那個圓滾滾的肚子。

許佑寧沒有搭話。

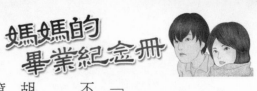

王建銘是位好人，給予了很多提示，但最重要的問題還是沒有解答。他覺得有點失落，對比兩位友人的熱烈反應，只能寄望下一位見面的大人。

三個從輔導課逃脫出來的孩子，走在市區大街，鄉下地方少見的柏油路，這裡鋪得隨處都是。走在柏油路上的感覺對許佑寧他們來說很特別，腳底不會

沾到黃沙、泥土，鞋子乾乾淨淨的。柏油路很平，好像也無須特別注意腳下會被石子絆倒。

為什麼要在寒假，一個白羊鎮最蕭瑟的季節，一個應該是學生們忙碌一個學期後得以休息的時刻，卻要孩子們犧牲寒假，來學校上課、小考，參加所謂的「輔導課」？

理由還是那句老話，為的是「書中自有黃金屋，書中自有顏如玉」。

黃金屋，許佑寧沒有看過，他只聽過薑餅屋。顏如玉，這個對許佑寧來說就更加不能理解，他只知道三國演義裡頭的關公，有著一張如紅蛋般的紅臉。

這些問題，在許佑寧三個人的旅程中，至少這個上午他們暫時忘卻他們所不瞭解，但大人們幾乎各個都說得信誓旦旦的宣傳口號。

「你跟剛剛那位王叔叔還真有點像。」胡復凱對許佑寧說。

「像？拜託，我可是有六塊腹肌，王叔叔的肚子可以裝下三個我吧！」許佑寧笑答。

「我指的是你們都不喜歡讀書。」

「沒辦法，這種事情不能勉強。就像有的人就是天生旱鴨子，怎麼教都教不會。」

「你說誰？」

「我沒有說誰，只是舉例。」

「好了，大家難得在一塊兒做同一件事，不要又吵起來了。」

簡婉茹想起上次兩人打架的場面，這次提早站出來化解可能一觸即發的衝突。

「每個人都有自己的志向，誰說一定要讀書才會有前途。」

「如果你的志向是當清潔工，那當然不需要讀書。」

許佑寧和胡復凱兩人一邊鬥嘴，一邊找著李成業的家。

中間遇到比較不熟悉的地方，看地圖也沒有辦法輕易判讀出來，簡婉茹會幫忙找大人詢問路線，出了教室，還是很有班長樂於助人的架式。

「問路的時候妳都不會不好意思嗎？」胡復凱問簡婉茹。

「幹嘛不好意思？今天要是有別人向我問路，我一樣也會告訴他。」

「這讓我想起我媽媽常常講的一句話。」許佑寧笑說。

「你又知道什麼了？」胡復凱想跟簡婉茹多講點話，聽許佑寧插嘴，沒好氣的說。

「我媽說過：『路長在嘴巴上。』有時候一份地圖還比不上當地人告訴你怎麼走的幾句話。」

「好吧！有點道理。」

如果是兩三年前，胡復凱大概不會這麼輕易讓步。他自己也說不清楚怎麼回事，跟許佑寧認識的越久，他就越覺得好像有很多東西是書本中學不到的。可是這些書本以外的智慧，卻又不見得沒有用處，有時候反而比書本上寫的那些知識更能解決一個人的問題。

「頭腦簡單，四肢發達。」的定義，胡復凱在轉變著。

「該不會是這裡吧……」

許佑寧三人發現路越走越窄，最後來到大排水溝旁一處遼闊的空地。

看地址李成業先生家應該是「青草二路一號」，這麼簡單的地址，理當很好找，可是他們三人沿著整條青草二路來回走了一遍，卻什麼都沒看到。

「這裡雖然有房子，但都是雙號，沒有單號的呀！」

一位騎著腳踏車，載著饅頭的山東老鄉經過，喊著：「饅頭、熱饅頭、白饅頭、好吃的饅頭。」

許佑寧對山東老鄉揮手，他停下車，說：「小朋友，要買饅頭嗎？」

「不好意思，我們是想請問這個地方怎麼走。」

山東老鄉有點老花眼，他拿起畢業紀念冊，特地把手臂伸直，跟眼睛拉遠距離才能看清楚，說：「這地方就在你們右手邊。」

往右手邊看過去，只有一片空地，許佑寧三人看著空地，不瞭解是怎麼回事。

胡復凱問山東老鄉說：「先生，這裡只有空地，哪有住家？」

「聽這就知道你們不是當地人。這裡本來有一排房子，七八年前一場大火整排房子都燒掉了。唉呀……那時候死了不知道多少人，又有多少人無家可歸，只能說大火無情。」

簡婉茹看著許佑寧，說：「該不會……」

賭著自己的運氣，許佑寧問山東老鄉：「那以前住在這邊一號的李家，先生您可認識？」

「這樣吧！我建議你們去里長家問問。」

「那時候的里長還在？」

許佑寧聽到有希望，不小心說話大聲了點。

「這整排住戶後來房子不是沒了，沒了之後政府就把他們遷到東邊那裡有處老眷村，叫『正義新村』。那時候的里長，現在可成了正義新村的村長了。」

山東老鄉十分熱心，怕騎車孩子們跟不上，索性下來牽著腳踏車，帶著許佑寧往正義新村方向前進。

走進正義新村，許佑寧等人都對眼前所見有點不大能適應，他們覺得自己好像來到另外一個世界。

正義新村裡頭的房子，每一戶都好像在比誰住得比較舊、比較破。

幾個剃了平頭的孩子們身上穿著至少有三四處補釘的衣服，一些低年級的孩子趴在地上打彈珠，身上滿是泥土。

胡復凱本來以為白羊鎮已經是偏僻的鄉下地方，誰知道市區中竟然有著比白羊鎮生活環境差上好幾倍的地方。

一間木造的小房子前，一位老先生坐在門口。他跟前有個鐵桶切成的小火爐子，他一面烤火，同時在鐵桶中間鐵架子上放了一個有幾處凹陷的鐵茶壺，正在燒開水。

見到山東老鄉，老先生露出幾乎沒有牙齒的嘴，可愛的笑著：「老山東，

今天怎麼有空來這裡瞧瞧。」

「老四川，還不是有朋友要你幫忙，這才來登你這三寶殿。」

「三寶殿，哈哈！我這裡是有三寶，破茶壺、破碗跟破櫃子，你老山東要是不嫌棄，全搬走了也不要緊。」

「下次再跟您老抬槓，這裡有三位孩子想問問以前住在青草路那邊的一戶人家，不曉得你知不知道。」

許佑寧向老先生說明來意，告知地址跟姓名後，他閉眼沉思著，摸摸腦袋，說：「那戶人家，他們不住這兒。」

「老先生，那您知道我們可以去哪邊找到他們嗎？」

「這我不清楚，不過他們家的兒子每個禮拜都會來。我看看……哎唷！算你們運氣好咧！今天他會來這邊一趟。」

「請問那戶人家的兒子叫什麼名字呢？」

「我記得叫李……什麼的，我想想……李成業……對對對，就叫李成

業。」

本來以為可能要撲空，沒想到峰迴路轉，剛好就有機會跟李先生見上一面。

老山東忙著賣饅頭，先走一步。

許佑寧三人則是坐在老先生家門口，陪著他烤火。老先生話不多，烤著火倚在那張彈簧都跑出來的破單人沙發上，睡睡醒醒的。

許佑寧三人聊起天來：「不知道這位李先生會跟畢業紀念冊上差多少？是胖子，還是瘦子，會不會已經滿頭白髮？還是到時候會出現一位開著汽車、風度翩翩的男士。」

最後一個猜測，三人都覺得不大可能，因為正義新村荒涼的程度，九成不可能會有穿著體面又有車的人出現。

「咕嚕嚕……」時間接近中午，許佑寧的肚子不爭氣的唱起想要打牙祭的歌聲。

胡復凱聽見許佑寧飢腸轆轆的聲音，笑說：「哈！太陽才剛上頭頂，你就餓啦？」才說完，胡復凱的肚子也叫了起來。他不好意思的低下頭，反過來被許佑寧笑了一頓。

突然間，村口傳來孩子們的鼓譟聲。

許佑寧三人站起來望過去，一位穿著鋪棉外套，戴著銀邊眼鏡，長相斯文的男子，他帶著一位綁著馬尾的女子。

兩人騎了腳踏車，背後有個木箱子，才進到正義新村，孩子們就圍上去，對著他們又叫又跳。

許佑寧對照畢業紀念冊，說：「是他了。」十多年過去，李成業跟初中時候的長相差異不大，不難辨認。

「大家不要推擠，排隊排好，叔叔保證每個人都有麵包吃。」

李成業和女子從木箱中拿出麵包，一一分給孩子們。

老先生大概被孩子們的叫聲給吵醒，睜開眼睛，說：「孩子們，你們等的

人來了。」

許佑寧三人走向李成業與女子，但排隊的孩子很多，他們等到孩子們都拿到麵包，找地方坐下來吃，才能夠靠近他們。

李成業見到三人，從木箱中拿出麵包，態度像是一位溫和有禮的長者，說：「你們三個小朋友，我從來沒見過，你們是這兩天搬過來的嗎？」

「不，我們是來找您的。」

許佑寧向李成業說了自己要解開媽媽當年沒有唸完初中的原因這件事。李成業聽完，對女子說：「小紅，妳幫我招呼其他需要麵包的孩子，我先跟這三位小朋友談談。」

小紅對李成業說：「老公，你儘管去忙吧！這裡有我就夠了。」李成業和妻子兩人相視而笑，柔情蜜意盡在不言中。

許佑寧三人吃著麵包，李成業回應許佑寧的問題，說：「這件事我記得很清楚，因為你母親是位令人印象深刻的人。」

「印象深刻？怎麼說呢？」

「我當年和你母親兩個人書都唸得還不錯，經常在爭誰是第一名。但我們彼此之間感情很好，因為我們都喜歡讀英文，尤其是美國作家惠特曼的詩。」

「天啊！我從來不知道媽媽會喜歡英文詩呢！」

「對了，你母親過得還好嗎？」李成業問許佑寧。

許佑寧稍微把生活的點點滴滴跟李成業分享。

李成業聽完，感慨的嘆一口氣，說：「人生真的很難說啊！到底怎麼才好，怎麼樣才叫不好，也許誰都說不準呢！就像以前我們老師總是告訴我們要拼命讀書，長大以後才發現讀書不見得可以讓人幸福，也不見得就能解決所有問題。」

李成業這話，正巧說到了許佑寧三人心中最大的疑惑。

胡復凱問說：「李叔叔，如果真的是這樣，那為什麼大人還要一直叫我們看書呢？」

「喔！千萬不要誤會叔叔的意思，叔叔不是說讀書不重要，而是說讀書雖然重要，但是有些東西不是我們在書本中可以學會的。書本就像工具，有了工具我們才能夠拆解更多我們想知道的東西。」

「就像想要拆開一輛汽車，我們需要拆開汽車的扳手、鉗子等工具。」簡婉茹說。

「沒錯，你們都很聰明，叔叔一說，你們就明白了。」

「所以要怎麼樣讀書，才可以像叔叔說的一樣，是正確的呢？」

「我想很重要的就是你要先想清楚自己讀書的意義，譬如：如果你想當律師，那語文很重要，考上法律系之後更要努力的鑽研法律用書；如果你想當作家，那肯定中外世界名著都要看過，才能瞭解好作品的定義。」

「聽起來好困難，要看好多好多書的樣子。」許佑寧皺眉說。

「呵呵！所以才要找出自己的興趣，做自己有興趣的事情，做再多都不會嫌累。」

「好像真的是這樣耶！游泳的時候，游上好幾個小時都沒問題，但一打開數學課本，看兩頁就想睡覺了。」許佑寧無奈的說。

「叔叔您現在在做什麼呢？」

「我現在開了一間電器行，專門幫人家修理電風扇。」

「叔叔您不是說初中的時候功課很好，所以您後來沒有繼續讀書嗎？」胡復凱問。

「有，叔叔初中畢業去唸工專，學了一技之長後，奮鬥了好幾年才有現在的電器行。我從小就喜歡拆拆東西、組裝小玩具，所以現在的工作我還蠻喜歡的。我也希望可以發明出更好用的電風扇，也許未來有一天，我還能有自己的工廠呢！」講到自己的夢想，李成業的眼睛亮起來，興奮的像個孩子。

「不知道媽媽的夢想是什麼？」許佑寧說。

「你母親嗎？她本來想成為一位英文老師，而我相信她絕對有那個能力完成夢想，可是就在國三下學期，她卻突然休學。」

「媽媽不把初中唸完的原因，叔叔您也不知道嗎？」

「我只知道一部分，沒記錯的話那時候你母親的爸爸媽媽出了車禍，都過世了。家裡的經濟一下子跌到谷底，得有人出來賺錢，不然你母親一家兄弟姊妹就要餓肚子了。」

「所以媽媽是為了家人，毅然決然放棄學業囉！」

「可以這麼說，但我真的覺得很可惜，就差三個月能畢業。唉！但家裡發生那種事，那時候的決定也不能說有錯。只能說不是每個人的命都那麼好，想讀書就能讀書。」

看著三個孩子，李成業與他們四目相交，極為誠懇的說：「你們現在有書唸、有飯吃，要好好珍惜，知道嗎？你看看這裡的孩子，他們有的連飯都沒得吃，過著很困苦的生活。這些家境貧困的孩童，有一半的人，家裡只能睡在硬木板上；家裡可能只有一雙鞋；一家老小總會有幾個人穿不暖。但其實只要能集結大家一點一滴的愛心就能溫暖他們的生活，讓他們吃飽、穿暖。叔叔一個

禮拜來送一次麵包，但能力實在有限，至多只能幫上這點忙。」

「叔叔您真了不起，以後我要是當了醫生，也要跟您一樣幫助那些弱勢的人。」簡婉茹看到那些衣衫襤褸，十分瘦弱的孩子們，幾乎快要為他們生活的困頓掉下眼淚。

但也因為見到這一幕，她更加確定自己當醫生的志向，如果真有機會將醫術用來幫助他人，那將是多麼美好的一件事。

許佑寧從包包中拿出存的零錢，遞給李成業，說：「我這裡有打破小豬撲滿，平常存的錢，或許可以幫上一點忙。」

李成業婉拒許佑寧的好意，說：「謝謝你們，等你們以後長大了、有成就了，要記得世界上還有人需要幫助，希望你們到時候能夠好好幫助那些需要幫助的人。現在，你們作為學生就應該好好讀書；作為人子就應該好好孝順，其它的事情就交給大人來做。」

「謝謝李叔叔，我們會好好學習當一個乖孩子的。」

「祝福你們！」

李成業不忘特別交代許佑寧說：「章好珊阿姨跟你媽媽當年感情最好，情同姊妹，我相信她知道的會比我知道的更多。記得幫我跟你母親打聲招呼，謝了。」

與李成業叔叔和小紅阿姨道別，和與王建銘叔叔道別的感受不同。

王建銘叔叔給了許佑寧他們熱茶，溫暖了他們的身體；而李成業叔叔則是給了他們對於讀書、求學與幫助他人的寶貴經驗談，溫暖了他們的心。

第十四章

大搜索：教音樂的章阿姨

有了李成業叔叔的麵包，飽餐一頓，許佑寧三人踏向旅程的最後一站。

臨行前，李成業叔叔形容了一下他對章好珊阿姨的印象。

他印象中章阿姨家境非常好，從小接受各種才藝教育，有著過人的氣質，並且十分善解人意。

尤其跟母親交情很好這一點，許佑寧聽了之後內心自然期待可以跟這位母親初中時期最好的朋友見面。

行走的路段，又回到市中心最繁華的地區，位於彩虹大道的商店街。

許佑寧三人經過一整條滿是玻璃櫥窗商店的大馬路，眼前盡是各種五光十色的產品與旗幟。

來往的行人，穿著體面的西裝、禮服，對照正義新村宛如貧民窟的景象，簡直是一個天、一個地。

「也不過差半個小時的路程，怎麼好像從台灣頭走到台灣腳似的，這裡的人都好不一樣喔！」貧窮與富貴，明顯的對比，胡復凱覺得很不可思議，他漸

漸可以體會書本不能描述的社會經驗究竟何等現實。

「看來這位章阿姨家裡肯定很有錢。」

「我想也是，這邊的房子每一棟都好漂亮。」

「是啊！這些可是洋房呢！」

胡復凱的眼睛被一間文具行的櫥窗吸引住，他整個人貼在櫥窗玻璃上，盯著裡頭那架一公尺多高的高倍數天文望遠鏡。

「好棒喔！以後我賺到錢一定要買一個，這樣我就可以看遍九大行星，搞不好還能看到外星人。」

「可別用來偷看隔壁王媽媽洗澡唷！」許佑寧打趣說。

一位大叔從文具店走出來，拿著雞毛撢子，不客氣的對趴在櫥窗玻璃上的胡復凱說：「臭小子，你擋在我們店門口幹啥子？這裡是老子做生意的地方，要玩去其它地方玩去。」

胡復凱被這樣沒頭沒腦的罵一頓，對文具店老闆瞪了一眼。

文具店老闆拉起袖子，舉起雞毛撢子，怒喝：「臭小子，我教訓你，你還敢瞪我，看我今天非替你老子好好教訓你一頓不可。」

「快跑！」

許佑寧見情況不對，拉著胡復凱趕快離開。

「真是的，也不過就看一下，我又沒有拿他們的東西，也沒有做什麼壞事，為什麼要這樣對我？」胡復凱不甘心的抱怨。

「大人的想法真難懂。」簡婉茹說。

「可是我們有一天都會長大，那怎麼辦？」

「那就不要當令人討厭的大人，要當……令人喜歡的大人。」

「就像李叔叔那樣。」

從商店街的一個巷子轉進去，前後都有院子的高級洋房一棟棟林立。

「彩虹大道九巷八弄三十三號……是這兒了。」

許佑寧三人站在一扇非常氣派，紅銅打造的大門前面，裡頭是一棟兩層樓

高，漆著白漆，上有紅瓦的西式洋房。高聳的壁爐煙囪冒出白煙，顯示裡頭有人正在燒炭取暖。

「你們聽！」

簡婉茹聽見洋房二樓傳來優美的鋼琴聲，連忙叫兩位朋友伸長耳朵，欣賞悅耳的琴音。

許佑寧搖動門口柱子上的鈴鐺，不到半分鐘就聽見裡頭有位大媽的聲音：「來了，請問是哪裡找？」

一位穿著白衣黑褲的大媽打開門，見到許佑寧他們，說：「請問你們有什麼事嗎？」

許佑寧說：「我想找章妤珊章阿姨，我是她初中同學陳芳芳的小孩，我有點事情想要請教她。」

大媽上下打量了孩子們，眼神和李成業打量他們的感覺截然不同，好像在算計些什麼。她闔上門，進到屋裡將近十分鐘，才又走出來。

「跟我來。」

大媽看都不看孩子們一眼，自顧自走在前頭，領著他們進到洋房內的客廳。

一位穿著墨水藍連身旗袍，胸口別有一隻金色天鵝胸針，燙了一頭大波浪捲髮，皮膚十分白皙的中年女子，她見到三位孩子，放下手上的紅茶杯，指著沙發說：「坐！」

「好軟。」

許佑寧不敢相信世界上有這麼軟的椅子，整個人陷進沙發柔軟的包圍之中。

胡復凱家也有一組父親引以為傲，每次有客人來都會吹噓一番的義大利皮沙發。

但跟這組沙發一比，家裡那沙發簡直像是石頭做的。

簡婉茹跟著兩位男生奔波大半天，柔軟的沙發把瞌睡蟲給喚來，她輕輕捏

了一下自己的手背，就怕不小心睡著。

許佑寧看著透出雍容華貴氣質的章妤珊，說：「章阿姨您好，我是陳芳芳的兒子，有件事情想要請教您，所以……」

「我聽傭人說了，有什麼我能幫上忙的，儘管問。」章妤珊打斷許佑寧的話。

許佑寧把媽媽生病，以及沒有唸完初中感到遺憾的種種事情說了，順便也交代一下母親的近況。

章妤珊聽著，面無表情，只是坐在她那張單人沙發上，偶爾喝兩口紅茶。靜待許佑寧說完，章妤珊才慢慢開口，第一句話就讓許佑寧聽了不知道該怎麼回答。

「你媽媽真傻。」

許佑寧抬頭看著章妤珊，說：「我不大懂阿姨您的意思。」

「確實跟成業說的一樣，當年你媽媽因為父母突然車禍喪生，為了家計把

再三個月就到手的學歷給放棄。而我之後則是到美國讀書，我和我老公都是美國大學留學回來的。現在回頭看，以你媽媽當年的天賦，好好讀書的話，現在至少能開個有規模點的鋪子，或是當人家公司的高級專員。結果現在卻落得只能在家幫人補補衣服，真是令人不勝唏噓。」

「我媽媽不只會補衣服，還會做漂亮的嫁衣。」許佑寧覺得自己的母親好像受到章好珊貶低，幫媽媽說話。

「都一樣，反正是為人作嫁。」

簡婉茹在一旁聽著，在胡復凱耳邊小聲嘀咕：「李叔叔不是說這位女士是佑寧媽媽初中時候最好的朋友，而且很善解人意什麼的，怎麼現在看起來不太像？」

胡復凱也覺得事情跟當初聽完李成業描述後所想像的情況有所差異，但他推測也有可能只是章好珊講話比較不加修飾，其實沒有太大的惡意。

「王媽！」章好珊一叫喊，剛才開門的那位大媽走了出來，章好珊對她

說：「拿三塊老爺昨天買回來的蛋糕給孩子們，順便給他們一人一杯果汁。」

「是。」

王媽進廚房準備點心，簡婉茹注意到原本在二樓演奏的鋼琴聲這時剛好跟著停歇。樓梯上走下一位穿著可愛洋裝，打扮得像是洋娃娃的小女孩。

她看著許佑寧他們，問章好珊說：「媽媽，他們是誰？」

章好珊眉頭一鎖，不高興的對小女孩說：「燦燦，我不是說沒有把曲子練好，不准給我下樓，怎麼現在妳卻跑下來了呢？」

「媽媽，我練了一上午了，我只是想休息一下。」

王媽端著餐盤從廚房走了出來，上頭放著三盤切好的蛋糕，以及三杯果汁。

燦燦見到蛋糕，急忙跑下來，想要搶過餐盤。

「燦燦，妳幹什麼？」

「這是爸爸買給我的蛋糕，為什麼要給外面的人吃？」

「妳一個人又吃不完，分點給其他人吃有什麼關係。」

「我不管，我的就是我的，就算吃不完我也不要給別人。」

章妤珊拳頭往沙發扶手一敲，說：「少給我任性了！王媽，給我把燦燦帶上樓去。」

臉上明明有千百個不願意，燦燦也只得在王媽好說歹說下，對許佑寧三人投以厭惡的眼神走回二樓。

許佑寧有點不好意思，說：「我們不吃蛋糕沒關係，我只是想問問媽媽初中時候的事情。」

「總之就是這樣，我知道的都已經說完了。」章妤珊不想再理會許佑寧他們，斬釘截鐵的說。

見大家話不投機，許佑寧三人決定不要再久留。

「我會轉告媽媽，說您過得很好。」許佑寧想讓媽媽過去的好朋友留下一個好印象，對章妤珊說。

「怎麼樣都好，但麻煩幫我轉達給你母親一句話。」

「阿姨要轉達的話，我一定送到。」

許佑寧聽章妤珊有話要跟母親說，心想：「章阿姨果然還是惦記著往日的友誼。」

誰知章妤珊話說得非但不客氣，甚至冷血：「麻煩告訴芳芳，我們家就快要移民到美國去了，如果需要借錢什麼的，我們可幫不上忙，謝謝。」

許佑寧三人被王媽送出洋房，直到紅銅門外。

胡復凱拉拉許佑寧的袖子，說：「大哥，你還真能忍，我剛剛在裡頭快氣死了。那個阿姨根本瞧不起我們，字字句句好像不諷刺一下人，她就不舒服。」

「真奇怪，為什麼有錢的人有時候卻比沒有錢的人更小氣？李叔叔跟章阿姨相比，我真是不能理解。」

簡婉茹歪頭想著，她想不通到底是什麼能夠改變一個人，改變到可以跟十

幾年前的自己完全不同。

「我們回家吧！」

無論大人的世界有多複雜，孩子們眼睛所見的，就跟他們的瞳孔一樣清澈無比。

雖然沒有得到本來所要追求的滿意答案，但許佑寧、胡復凱與簡婉茹三人卻有了許多當初所沒有預料到的收穫。

第十五章

漏掉的那一頁

當公車駛回白羊鎮的公車站，恰巧是太陽公公即將下山，結束一天工作的時候。

彩霞染遍了天空的每一朵雲，宛如整片天空都在燃燒。

公車上，許佑寧靠在車窗，胡復凱倒在他懷裡，簡婉茹倚在座位上，三人都靜靜的睡了。

今天他們經歷了一場小小的冒險，聽見三位不同大人，用和許佑寧媽媽那本畢業紀念冊上難以聯想的變化，告訴他們一些老師沒教的事。

有些事情，小時候聽不見得懂，但正因為聽不懂，所以更容易感到疲累。

回家路上，白羊鎮的空氣有多麼芬芳，沒有去過一趟市區，許佑寧三人還真不知道，自己的家原來就是世界上最溫暖的地方。

儘管市區有美麗的櫥窗，有穿著時髦的紅男綠女，但這些炫目的事物都不能取代家，取代白羊鎮。

「謝謝你們今天陪我走這一趟。」

許佑寧其實還有很多話想說，但大家都累了，而且好友之間，不需要用文字表達，許多事情彼此就能瞭解。

「我肚子餓了，今晚媽媽好像要做日式咖哩，想到口水都快流下來了。」胡復凱幾乎每天日復一日就是上學、放學；讀書、聽課的生活，這一天他得到了解放。

跟朋友一起去遠方探險，雖然沒有讀到書、沒有寫作業，可是這段時光並沒有浪費，反而聽到很多、學到很多。讓自己能夠重新去檢視自己，為什麼要讀書？為什麼要當科學家？

簡婉茹還沒有睡飽，伸了好大一個懶腰，對許佑寧和胡復凱說：「兩位帥哥，我要回家囉！今天很開心，不過有些部份有點太刺激了，有空我們下次再來探險。」

「贊成！我們下次可以去更遠的地方，像是高雄、台南……」胡復凱說出他的計畫。

「我也累了，改天見。」

帶著媽媽的畢業紀念冊，許佑寧回到家。房內亮著溫暖的黃色小燈，媽媽坐在門口，正在縫兒子的襯衫。

「媽，我回來了。」

「今天做了些什麼，看起來怎麼這麼累？今天的訓練很吃力嗎？」

「嗯！有一點。」

「飯我熱一下，就快好了。」兒子回到家，陳芳芳放下手上的針線活兒，到後頭廚房生火蒸飯。

趁著陳芳芳沒注意，許佑寧悄悄從包包中拿出畢業紀念冊，放上書架。坐在門口，看著小院子裡頭媽媽細心照料的小花兒，許佑寧苦惱著。

許佑寧不知道該說些什麼，他覺得事情跟自己想的不一樣。

本來以為如果能夠知道媽媽當年沒有唸完初中的原因，可以做些什麼彌補

媽媽的遺憾。

但現在雖然知道原因，自己卻好像什麼也做不了。

當然，這趟旅行也並非一無所獲。走了這一趟，他終於瞭解「讀萬卷書，行萬里路」的重要。

書上描寫的故事，看起來像是騙人的，實際上走一趟，才發現很有可能所有以為騙人的故事，其實都是真的；而本來以為是真實的，卻可能是騙人的。

如果光是讀書，這個道理許佑寧永遠也不可能明白。

許佑寧發呆，想事情想得出神，陳芳芳坐到他身邊，他才叫了聲：「媽，飯好了嗎？」

許佑寧發現，媽媽把她的初中畢業紀念冊拿在手上。

許佑寧心虛，故意看反方向。

陳芳芳微笑，那不是要教訓孩子的表情，對許佑寧說：「不要擔心，你之前每天拿著我的畢業紀念冊看，媽媽都知道。」

「媽媽妳知道，那為什麼不說？」

「因為媽媽想看看你會怎麼做。我剛剛看你的鞋底有瀝青，那是市區才會有的東西，你今天跑去市區了嗎？」

見事跡敗露，許佑寧只好一五一十的說出真相：「去了，不過我不是一個人去，我是跟兩位朋友一起去的。」

「那，一天下來，你們還開心嗎？」

「有開心的。」

許佑寧把王建銘請他們喝茶，以及李成業夫妻做的愛心善行，以及告訴他們讀書的目的等等的事情說了。

接著又說：「但也有不開心的。」把在市區商店街被趕，以及章妤珊阿姨對他們口出惡言等等描述一遍。

許佑寧不敢想像母親會有什麼反應，會因為某位老朋友變了一個人難過，或是為某位老朋友過得幸福感到開心。

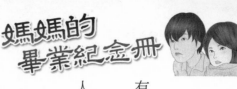

陳芳芳依舊是掛著淡淡的微笑，好似對這一切不是相當在意。

「還記得我說過的嗎？媽媽是你肚子裡頭的蛔蟲，你在想什麼，媽媽全部都知道。」

「記得。」

「不管你去哪裡，不管你做什麼，媽媽只關心你過得好不好。去見了這些人，不管他們變得怎麼樣，媽媽在乎的是你學到了什麼，有了什麼樣的想法。」

許佑寧翻開畢業紀念冊，翻到封底內頁，說：「我覺得大人講的話好難懂，好像長大自己就會變得討人厭，可是我們永遠沒有辦法拒絕長大，是嗎？媽媽。」

「長大也不是這麼壞的一件事。」

「真的嗎？」

許佑寧對媽媽說的這一點沒有什麼信心。

當太陽完全西沉，月亮成為天空唯一的焦點。

「你沒有真的把這本畢業紀念冊看仔細。」陳芳芳對許佑寧說。

「沒看仔細？」

第十六章

母親真偉大

陳芳芳翻開畢業紀念冊，說：「你除了看到媽媽，還有沒有看到其他熟悉的人物？」

許佑寧想：「這本書我至少看過五遍，哪一張照片我沒看過？不可能有什麼遺漏。」

許佑寧翻來翻去，找不到另外一個熟悉的面容。

陳芳芳拿回畢業紀念冊，翻到後面四分之一處，指著一張照片，那張照片上是一位蒜頭鼻，眼睛細長，極為不起眼的小男生。如果媽媽沒有特別指出來，許佑寧根本從來沒有注意到這張照片裡的人。

「你有沒有發現這張照片裡的人像誰？」

「好像有點熟悉，但是又……」

許佑寧腦中浮現一個人影，可是那人影太模糊了，努力想半天還是不清晰。

看了一下這個人的名字，名字是「胡青木」。這也是一個很熟悉的名字，

可是許佑寧除了「好像」之類的字眼，什麼確定的概念也沒有。

陳芳芳說：「這個人現在在你們學校當訓導主任。」

「胡青木，對！這是訓導主任的名字。因為我們都一直叫他主任，結果名字我都給忘了。」

許佑寧搶過畢業紀念冊，仔細瞧，說：「主任有一百八十公分，而且五官很立體，跟這個人根本完全像是不同的兩個人。媽媽，妳是說真的嗎？」

「傻孩子，媽媽怎麼會騙你呢！人會長大，也會改變。你有一天也會長大，也會改變，大家都一樣。」

「所以，胡復凱現在比我矮一個頭，但有一天他可能會長得比我高兩個頭，而且從小眼睛變成大眼睛囉！」

「以前胡叔叔功課不好，經常被老師嘲笑，所以他常常說要當老師，而且要當一位能夠讓孩子學到東西，不只是會打孩子、罵孩子的老師。後來他很努力的讀書、重考，拿獎學金唸師專，然後才有今天，這是很不簡單的一件事。

成功沒有偶然，讀書也好、游泳也好，都是一樣。」

想到這裡，許佑寧心中驚訝不已，對媽媽說：「那十年後的我，會是什麼樣子的我呢？」這個問題不只是問陳芳芳，也在問自己。

「不管你變成怎樣，媽媽都會愛你。」

陳芳芳將兒子抱在懷裡，溫柔的說：「佑寧，你真的想去台北讀書嗎？」

「大概吧……」

之前說得很堅定，好像非去台北不可的話，現在許佑寧已經不敢肯定。

「你之前一直都在猶豫，對不對？」

「嗯！因為我雖然很喜歡游泳，可是老師他們都說只有讀書才有前途。可是我不愛讀書，書也唸得不好，我很怕要是我繼續游泳，有一天會後悔。」

「那你今天拜訪了幾位叔叔、阿姨，現在想法還是一樣嗎？」

「如果要讀書，那也要唸自己真正想唸的書，要知道讀書不只是為了考試，要思考自己真心想做的，才知道讀書對自己的意義。」

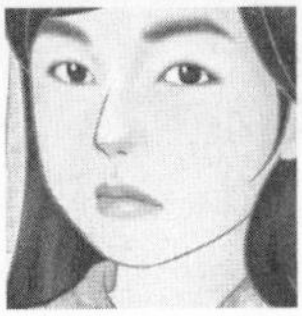

談到讀書，許佑寧想起一件事，說：「對了，今天李叔叔有說媽媽以前英文很好，可是我從來沒有聽媽媽唸過英文，媽媽妳太詐了啦！」

陳芳芳從生病之後，第一次開懷大笑，她笑得很開，笑得沒有辦法停下來。

許佑寧好久沒見過媽媽這麼開心的樣子，過去媽媽老是一臉心事重重，就算有笑容也是淡淡的，就像夏秋之際白羊鎮清晨飄著的薄霧。

走到書櫃旁，許佑寧本來以為那些大人才看得懂的書全是爸爸的，原來有些根本是媽媽的書。

陳芳芳從書櫃拿出一本薄薄的小書，對許佑寧說：「其實你老早就聽過媽媽唸英文了呢！」

「真的嗎？」

陳芳芳翻開那本薄薄的書，說：「這是惠特曼的詩集，裡頭有一首詩叫做《大路之歌》。」

陳芳芳朗誦起來，許佑寧聽著聽著，他有種感覺，自己好像來到這個世界之前就聽過這首詩，就聽過這首詩裡頭的每一個字，他不自覺的站起來，想喚醒自己的回憶。

「我輕鬆愉快地走上大路，我健康，我自由，整個世界展開在我的面前，漫長的黃土道路可引我到我想去的地方。從此我不再希求幸福，我自己便是幸福。從此我不再啜泣，不再躊躇，也不要求什麼，消除了家中的嗔怨，放下了書本，停止了苛酷的責難，我強壯而滿足地走在大路上……」陳芳芳朗誦著，聲音和語調就像是在演奏小提琴，充滿韻律。

陳芳芳深呼吸一口氣，準備往下唸，許佑寧搶先一步，他什麼也沒有想，完全是很自然的將詩句接續下去，說：「地球，有了它就夠了。我不要求星星們和我更接近，我知道它們所在的地位很適宜，我知道它們能夠滿足於屬於它們的一切。但在這裡，我仍然背負著我多年心愛的包袱，我背負著它們，男人和女人，我背負著他們到我所到的任何地方。我發誓，要我離棄了他們那是不

可能的，他們滿足了我的心，我也要使自己充滿他們的心。」

許佑寧念著，眼淚流了下來，他好驚訝，不明白自己為什麼會知道這首詩。

國語老師要他背三字經，他老是背不完，可這首外國的翻譯詩，卻連想都不用想就能輕易的浮現心田。

「媽媽在懷你的時候，天天都唸詩給你聽。好像這首詩，媽媽希望你有一天也能強壯而滿足的走在大路上，不需要去奢望別人的幸福，因為你能夠找到自己真正想要的。」

熟悉的理由，許佑寧終於懂了，這些詩他在媽媽肚子裡頭就聽過無數回，就像聽著不斷重複的錄音機。

這裡頭有媽媽對自己的愛，以及殷殷期盼。

陳芳芳期盼兒子的，不是像某些父母，要兒子女兒很會賺錢，或是成為社會上很有身份地位的人，她只希望孩子能夠幸福，能夠快樂，能夠天天掛著微

笑生活。

「唸詩給你聽的不只有媽媽，還有爸爸唷！」

「我知道，我知道……」

許佑寧哭倒在媽媽懷裡，他一直擔心著自己沒有其他孩子會讀書，擔心自己表現不好，擔心自己沒有辦法給媽媽好的生活。

但這一切擔心其實都不重要，因為媽媽的愛不會因為自己考試考不好就改變，而是從他來到這個世界上之前就存在。

第十七章
地區預選賽

對於未來，許佑寧再也沒有絲毫的猶豫，他不再羨慕其他人，包括那些很會讀書的孩子。

他有屬於自己的自信，不在課堂，而是在游泳池。

國際少年泳賽的台灣區預選賽終於來到，台灣的比賽會場分成北、中、南三地進行。

許佑寧必須突破中部的預賽，成為中部前四名的選手，才能參加之後的全國預選。然後進入全國預選，只要自己進入前六名，就能夠拿到力強中學的入學資格。

站在出發台上，許佑寧看著目標，他全神貫注。幾個月來刻苦訓練，他知道自己能夠游得有多好。

各項比賽項目，許佑寧沒有選擇別的，而是以上學期曾經和力強中學高教練比賽過的混合四式作為挑戰全國的首選。

混合四式兩百公尺，就在今日賽程的最後一項，這項比賽對選手的難度要求最高，體力與四種泳技都有一定水準的人才能勝出。

「砰！」

槍響，選手們從出發台跳入水中，八個水道的選手，各個像是腳底裝了推進器，拼命的往前衝。

許佑寧的速度飛快，一開始沒多久，他已經領先第二名有半個泳身。

「佑寧，衝啊！」

看台上，胡復凱、簡婉茹以及其他來觀戰的同學都在為許佑寧加油、吶喊。

陳芳芳身體經過幾個月的休養，大致上已經恢復。

她坐著，沒有大聲吶喊，而是用一貫沉穩的態度、不浮躁的態度，好像自己就是兒子身後永遠不會傾倒的牆，作為兒子的依靠。

和北區比賽的時間錯開，高教練也來到會場。

他默默的站在看台出入口處，想要觀察幾個月來，許佑寧究竟進步多少？

抑或是屈服於壓力，不進反退。

僅僅是一開始的蝶式，許佑寧張開雙臂有如大黃斑蝶振翅高飛的優美泳姿就已經震攝住高教練的目光。

「好流暢，完全不同於上學期見到他的青澀模樣。短短時間，他怎麼進步得這麼快！」

很多人以為游泳就只是一種競速的運動，其實游泳本身也是一種力與美的表現，就像體操。游泳想要快，光靠蠻力是不夠的，真正決勝的關鍵在於協調性與流暢度。

第一次折返，許佑寧的蝶式明顯比其他選手的技術等級還要高，他與第二名之間拉開了一個泳身的距離。

比賽從這一刻開始，已經不是許佑寧與其他選手之間的較量，而是他與自己的比賽。

到底自己進步多少，到底自己有沒有挑戰全國的實力，許佑寧現在挑戰的

是自己的紀錄、自己的決心、自己對於游泳的愛到底有多少。

很多人口口聲聲說自己喜歡做這個、喜歡做那個，但說了之後，卻也只是動動嘴巴，沒有真的付諸行動。

有時候，人會猶豫，猶豫自己做的選擇對不對。

許佑寧本來也很猶豫，猶豫著自己如果真的選擇游泳，會不會有一天就像某些老師說的，「從事體育沒有前途」。有一天自己會比那些執著於唸書的同學過的差，深怕自己會後悔。

剛開始探索母親沒有唸完初中的理由，其實有很大一部份在於許佑寧想要知道，母親放棄學業，到底有沒有因此而後悔。

回到那一晚，母親唸惠特曼的詩給自己聽的那一晚，陳芳芳對兒子說：「我沒有後悔，從來都沒有。當爸爸媽媽不在了，為了家人我放棄學業，看起來好像很可惜，但每當我努力工作，然後能夠看到弟弟妹妹吃飽喝足時的笑

臉，我就覺得這一切辛苦都很值得。更何況，如果當初一直讀書，也許就不會認識你爸爸了。」

「爸爸很會讀書，還唸到博士，他怎麼會喜歡上媽媽的呢？」

「呵呵！因為書唸的好，不等於人就比較好呀！你爸爸當初喜歡媽媽，很重要一個原因就在於他覺得媽媽是一個很踏實生活，並且懂得為他人著想的人。」

「這個道理我現在終於懂了。所以搞清楚自己真正要什麼，朝著這個方向努力，比起只是一味的相信別人的價值觀而努力，前者才是對的。」

搞清楚自己想要的，就算大人們都反對也不要緊。

游泳是自己想要的，許佑寧終於能夠正面面對自己的興趣，並且大聲對所有人說：「我愛游泳！」

既然知道自己喜歡什麼，剩下的就是全心全意投入自己喜歡的事情上。這就是許佑寧可以再進一步，突破自我的原因。

壓倒性的勝利，許佑寧抵達終點，看台上的觀眾幾乎全都站了起來，為他們眼前的泳壇未來之星鼓掌。

「高叔叔？」

許佑寧準備走回休息室，在看台邊見到高叔叔。

高叔叔為許佑寧拍拍手，說：「太棒了，你的蝶式和仰式都比我上次看到的更加流暢，簡直像是跳了一個等級似的。叔叔一定要好好問問你，為什麼才幾個月不見就進步那麼多，真是不可思議。」

「其實也沒什麼，只是因為我太愛游泳了。」

「太愛游泳，就只是這樣？你不想成為世界上最優秀的游泳選手嗎？」

「嗯！就算不是游泳選手也沒關係，我游泳只是因為我喜歡，而我希望一輩子都能像現在這樣喜歡。」

「沒想到，不但你的泳技進步了，心智也好像長大了不少。等一下有空，高叔叔想好好聽你說這陣子發生了些什麼事。」

許佑寧回頭看著泳池，泳池的水面水波盪漾，才剛從泳池中出來，他已經想要再跳下去，再一次振臂。

第十八章 爸爸回來了

游泳比賽現場，胡復凱的爸爸也來了，他揮舞著新新國小的校旗，為子弟兵加油。

胡復凱看著熱情揮舞旗幟的爸爸，想起許佑寧曾經拿給他看，以前爸爸那副不起眼又瘦小的樣子。

難以想像現在的爸爸會是如此有朝氣的一位壯漢。

而且在聽完許佑寧轉述自母親，胡青木是為了要當好老師，所以才會有唸師專的理想抱負。胡復凱才瞭解自己的爸爸不是表面上那樣好像真的很喜歡管東管西，而是在實踐著自己要成為好老師所應當做的每一件事。

現在的胡復凱，對於爸爸更增添一分尊敬。

胡復凱的成績還是很好，但分數有些微下滑，因為他現在花比較多時間看自己有興趣的書，關於天文、科學等等。

為了以後能夠唸好大學的相關科系，他還是有努力準備著聯考。

但他現在讀書，絕對不是為了聯考而已，也不是抱著唸好大學就能改變生活的天真想法，而是真正為了自己成為科學家的夢想。

剛開始，胡青木還不大理解孩子看著這些課外書有什麼用。

直到胡復凱跟他說：「爸爸，我想要成為一位科學家，這和讀書無關。我不是因為讀書而想成為科學家，而是因為想要科學家而讀書。所以您不用擔心，為了達成夢想，我會好好衝刺聯考。」

「喔！好。」

胡復凱的話讓胡青木啞口無言，他第一次聽到兒子如此清楚的說出自己的夢想。

這讓他想起年輕的時候，沒有選擇唸高中與大學，而是選擇師專的自己。一個人知道自己想要什麼，旁人也就不需要再操心了。

胡青木從那天開始便沒有再嘮叨過胡復凱的功課，因為他知道兒子將會為了成為科學家的願望，比任何人都更加努力的讀書。

坐在胡復凱身旁，簡婉茹雙手拱成大聲公的滾筒形狀，對著游泳池喊：

「加油！加油！……」

不過，對於兒子身邊多了一位感情看似不錯的女同學，胡青木還是忍不住笑嘆：「兒子長大了，現在要女孩兒不要爸爸囉！」

除了同學、老師和媽媽，大老遠從台北下來的高教練，還有一個人趕上了最後一場比賽，親眼見到兒子的優異表現。

許爸爸一下火車，就馬不停蹄的來到中區比賽的台中會場。

第一時間，他還認不出自己的孩子。許佑寧面對未來的堅毅眼神，已經像是一位小大人。

這一次回來，許爸爸有很多話想要跟妻兒們分享，其中有一個很重要的事情，他想第一個讓妻兒知道。

等不及回家，許爸爸在散場的人潮中，迎向陳芳芳和許佑寧。

「老公！你回來怎麼沒跟我們說一聲。」陳芳芳沒想到會見到老公，十分

驚訝的說。

許佑寧見到爸爸，本來在比賽中消耗殆盡的體力又湧現出來，衝上前和爸爸抱個滿懷。

許爸爸說：「佑寧你又長大了，爸爸已經抱不動了呢！」

「早知道你今天會回來，早上應該要去市場買兩斤豬肉，晚上大家吃頓好的，為你接風洗塵。」陳芳芳說。

「沒關係，今天吃不到，明天還有機會吃；明天吃不到，後天還是可以吃。」

「老公，你在說什麼？」

陳芳芳對於先生說的話，察覺出其中似乎有某種想像空間。多年夫妻的默契，她彷彿能夠預測到先生接下來要說的。

許爸爸看著妻子，又看了看兒子，他那副學者溫文儒雅的臉龐，此刻更多了一分身為父親的柔情。

「我博士口試過了，教授推薦我到台中的大學教書，我答允了。以後，至少未來五年十年，我想我每天都能夠在下班回家之後吃到妳熱騰騰的飯菜。」

「真的嗎？爸爸你不用回台北了？可以每天跟我們一起吃飯，可以每天跟我一起玩傳接球，可以每天睡覺之前都聽你說故事？就像你每次回家陪著我們的時候一樣？」

「是真的，爸爸一定會好好補償你們。」

「那以後還是我下廚嗎？你這位老是在外的父親要不要也來為兒子燒幾道菜？」

「那有什麼問題，就怕你們吃不習慣。」

「不會不會！爸爸燒的菜，我一定全部吃光光。」

許佑寧拍胸脯保證。

高教練見到許佑寧和家人，湊過來和夫妻兩人打招呼，說：「你們兒子很優秀，我還沒有見過像他這麼有游泳天份的孩子。」

「這位是？」許爸爸問妻子說。

許佑寧幫忙解釋，說：「這位是力強中學的游泳教練，他曾經邀請我去力強中學唸初中，如果我在這次全國比賽能夠拿到前六名的話。」

「力強中學嗎？那真是太好了，無論是體育或升學，都是國內赫赫有名的名校。」

「關於佑寧剛剛講的，我想我需要做點修正。」高教練說。

「修正？」

許佑寧等人以為高教練改變心意，都有些惶恐。

「以佑寧現在的游泳表現，我想已經不需要進一步的測試，無論有沒有拿到全國前六，我都會將他推薦給學校。」

「那太好了！」陳芳芳和老公都對兒子能夠有這樣好的機會感到高興。

「現在時機正好。」高教練從背包中拿出一架單眼相機，對許佑寧說：

「我幫你們全家拍一張，當作紀念。」

許佑寧對簡婉茹和胡復凱說：「你們一起來！」

「ＯＫ！大家站近一點，笑一個。」

高教練按下快門，把許佑寧一家和兩位友人在這一天—許爸爸將要留在中部工作，全家得以共享天倫之樂。許佑寧贏得中部預選賽冠軍，而且力強中學也已經打開雙臂歡迎他的加入。—對許家來說，這一天簡直是三喜臨門。

第十九章

春暖花開

寒假結束，接下來要迎接暑假。

對於那些要參加升學考試的孩子們來說，這個暑假充滿挑戰，反倒沒有放鬆的氣氛。

過去，當醫生對於簡婉茹來說好像就是看病這樣一件簡單的工作。

在走訪過正義新村之後，她才瞭解醫生有很多種，而有許多人沒錢無法看醫生。

但醫生可以自己選擇要走進那些沒有錢看醫生的人們，提供醫療協助，讓他們也能夠得到醫治的機會。

當一位幫助弱勢的醫生，有了這個更加確定的目標，簡婉茹讀書起來更認真。

上學期的最後一次段考，她考了最接近胡復凱的一次，只差兩分就能取代胡復凱，成為全班第一。

許佑寧在游泳池中奮力向前，胡復凱與簡婉茹以及其他許許多多的孩子們

也是，大家都朝著自己的目標在邁進。

初中聯考當天，許佑寧起個大早，剛好夏天太陽也冒出頭的早，五點出頭走在路上，視線已經十分清晰。

土地公廟，這是前往考場的必經之路，簡婉茹和胡復凱已經等在那裡。

許佑寧走到土地公神像前，和好友一起對土地公雙手合十，祈求今天聯考順利。

許佑寧沒有要參加這裡的聯考，但他想幫好友們祈福。

「佑寧，力強中學不是說要收你，你聯考隨便考考也沒關係吧？」胡復凱用手肘戳戳許佑寧的肚子，開玩笑的說。

「話不能這麼說，我希望可以跟大家一起努力。更何況唸力強中學，也是得考台北的初中聯考，無論如何分數還是不要太難看，以免對不起丁班老師們的教導。」

「佑寧現在讀書比以前認真呢！我有發現。」簡婉茹說。

「妳都偷看帥哥啦！都不會關心一下我。」胡復凱頗為吃味的說。

「哎唷！看你幹嘛？談到讀書，全班還有誰比你更讓人放心。我身為班長，當然要關心那些比較有問題的同學啊！」簡婉茹趕緊駁斥。

「是這樣啊？真是個好班長呢！」胡復凱裝出一副不以為然的樣子，拿簡婉茹逗樂。

「討厭！」

簡婉茹跺腳，轉向胡復凱站立的另外一個方向。

許佑寧看著兩人，心裡偷笑：「這兩個人感情越來越好了，真是一件好事。」

走向考場，三個人有說有笑。

明明應該很緊張的一天，也許因為三人都有了人生方向，了解考試不過只是通往人生方向的一部分，看透了這一點而顯得比較輕鬆。

「你們看，櫻花樹耶！」

平常盡是白楊樹的小道，一棵小小的櫻花樹在白楊樹叢中冒出華麗又不失淡雅的粉紅色花瓣。

風一吹，花瓣飄散在空中，掀起一陣粉紅色的溫柔風暴。

「這種天怎麼還會有櫻花，太神奇了。」

胡復凱說，以他讀自然科學書籍的理解，太熱的天氣，櫻花反而不該出現。

「也許這棵櫻花樹比較特別嘛！它比較喜歡夏天，不喜歡春天。」

「有這種櫻花樹嗎？女生就是愛幻想。」

胡復凱對簡婉茹笑說。

「你又知道沒有，只是……夏天的櫻花樹，感覺有點寂寞呢！」

「嗯！因為就只有一棵。」

「搞不好婉茹說的是真的，這棵櫻花樹知道自己喜歡夏天，所以雖然有點寂寞，它還是想做自己想做的。」

白楊樹中間的櫻花樹，從此以後成為許佑寧、簡婉茹和胡復凱談到「勇氣」時，第一個想到的象徵。

第二十章

安心

離開白羊鎮，前往台北逐夢的日子終於到來。

胡復凱和簡婉茹都來送行，之前曾經一起冒險，通往它方的公車站，今天成為許佑寧開啟人生另一個旅程的起點。

「在台北記得寫信回來！」簡婉茹說。

「會啦！那你們會回信嗎？」許佑寧說。

「當然會，不回的是豬！」胡復凱眨眨眼，對許佑寧說。

「對了，恭喜你們放榜都上第一志願。雖然不能同校，但你們兩間學校很近，相信還是可以繼續當好朋友。」

「可惜你要上台北，沒有辦法跟我們一起。」簡婉茹苦笑說。

「對啊！孔子說『三人行必有我師焉』。少了你，兩人行就少了一分樂趣。」胡復凱說。

「你是真心的嗎？少了我，你應該覺得發揮的空間更大了吧？」

「發揮什麼？」簡婉茹聽不懂許佑寧對胡復凱的暗示，摸著下嘴唇，問兩

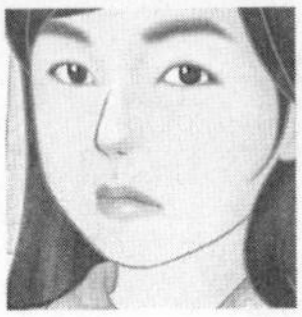

人說。

胡復凱臉微微一紅，對簡婉茹解釋說：「佑寧是說我當科學家的空間，因為少了他這個腦袋以外的肌肉都很發達的人，所以我就更能專心讀書的意思。」

「台北，不知道是個怎麼樣的城市？」

「你爸爸之前不是也在台北好幾年，問他就好了。」

「爸爸跟我說了很多，我過去總覺得台北是個繁華、充滿希望的地方，但是現在要離開白羊鎮，心中卻有點捨不得這個夏天好多蚊子，冬天又寸步難行的鄉下。」

「也許這就是家的感覺。」

「也許是吧！總之，我會勇敢的走下去。」

「好！當你成為台灣最好的游泳選手時，我也會成為台灣最棒的科學家。」

「嗯！我也會成為台灣最有愛心的醫生。然後……」

「然後什麼？」

「然後幫你兩個調皮鬼打針！」簡婉茹做出護士幫小朋友打針的模樣，許佑寧和胡復凱則裝作害怕的樣子。

三人笑得開懷，許佑寧、胡復凱與簡婉茹互相約定，約定美好的未來。

爸爸回來了，卻換成兒子要一個人北上打拚。

許爸爸的心情有點說不上來，看著愛子有機會唸好學校，他應該高興，可是想到兒子往後幾年都要自己照顧自己，不像在家還有母親可以照料。一方面覺得兒子長大，感到欣慰；另一方面，又對自己還是不能好好善盡父親的職責而感到有點失落。兩種感覺混在一起，許爸爸這幾天都說不出話來，想要勉勵兒子，為兒子打氣的想法，好像到了喉嚨以上就消失了。

許佑寧離家，看著歷程中成長不少的兒子，陳芳芳終於可以安心看著孩子離家打拚。她挽著老公的臂膀，安撫他的情緒。

「老公，不要擔心。」

「妳叫我怎麼能放心，孩子才國小畢業，就要上台北一個人生活，不容易啊！」

「我看著佑寧長大，以前的他如果要去台北讀書，我會比你還擔心。可是現在，看到佑寧的成長，相信我，他沒有問題的；就算有問題，我們永遠都會守護著他。孩子心底清楚，只要在他受傷的時候，需要幫助的時候，我們能幫他一把，這就盡到我們為人父母能夠也應該做的了。」

許爸爸看著妻子，稍微摟緊了她一點，說：「妳還記得當初我為什麼喜歡妳嗎？」

「因為我善解人意、不做作，懂得關心他人？」

「還有一點，很重要的一點。」

「哪一點？」

「妳是一位很勇敢的女人。現在，我在佑寧身上也見到這一點，如今他已

經是一位跟母親當年同樣堅毅的孩子了。」

公車來了，就停在許佑寧一行人跟前。

拾起行囊，許佑寧踏上公車，仍無法不往回看。爸媽臉上雖掛著笑容，許佑寧還是看得出來他們仍有些對孩子的掛念。

胡復凱和簡婉茹，他們對自己揮手。送別這一刻，大家才發現有好多話想說，卻還沒有機會說。也不知道今天是他們送許佑寧，還是許佑寧送他們，分別的感覺、互相約定的時刻、成長的滋味，所有感覺糾結成一團。

許佑寧跳下公車，緊緊抱著爸爸和媽媽，三個人什麼都沒有說，只是互相擁抱，感受彼此的體溫。

再次跳上公車，公車車門緩緩闔上，緩緩駛向市區的火車站。

坐在車上，許佑寧的眼眶紅了，他覺得男生不可以哭，所以他默默的忍住眼淚，但眼角還是不住顫抖，兩滴淚珠不爭氣的落在牛仔褲上。

許佑寧打開行李，裡頭有母親裝好的一大袋橘子。往下摸，指尖觸碰到一

本藍皮書。

藍皮書上寫著《新新國小第六屆畢業生畢業紀念冊》，許佑寧翻開書，直到丁班那一頁，跳過同學們的大頭照，後頭有著全班團體照，以及那張在游泳池體育館外的合照。

照片上，包括自己在內大家都露出開心的笑容。現在也好，未來也好，在場所有人皆感覺未來一切都充滿希望。

又翻到封底的空白頁，裡頭滿是同學們的誠摯的祝福。許佑寧的眼淚戛然而止，因為他知道自己不是一個人在努力。就像當年媽媽沒有唸完初中的決定，做人不只為了自己努力才會快樂，能夠為自己，同時也為所愛的家人與朋友努力，那才是真幸福。

光陰的故事系列：07

媽媽的畢業紀念冊

作　　者◇鐘曉彤
出 版 者◇培育文化事業有限公司
執行編輯◇禹金華
社　　址◇22103 新北市汐止區大同路三段一九四號九樓之一
TEL (〇二)八六四七—三六六三
FAX (〇二)八六四七—三六六〇
總 經 銷◇永續圖書有限公司
劃撥帳號◇18669219
地　　址◇22103 新北市汐止區大同路三段一九四號九樓之一
TEL (〇二)八六四七—三六六三
FAX (〇二)八六四七—三六六〇
E-mail yungjiuh@ms45.hinet.net
網　　址 www.foreverbooks.com.tw
法律顧問◇中天國際法律事務所　涂成樞律師　周金成律師
出 版 日◇二〇一一年七月

國家圖書館出版品預行編目資料

媽媽的畢業紀念冊/ 鐘曉彤. -- 初版. --
新北市；培育文化，民100.07
面：　　公分. --（光陰的故事系列：7）
ISBN 978-986-6439-57-5（平裝）
859.6　　　　　100008666

培育文化讀者回函卡

謝謝您購買這本書。

為加強對讀者的服務，請您詳細填寫本卡，寄回培育文化；並請務必留下您的E-mail帳號，我們會主動將最近〝好康〞的促銷活動告訴您，保證值回票價。

書　　名：**媽媽的畢業紀念冊**

購買書店：＿＿＿＿市／縣＿＿＿＿＿＿書店

姓　　名：＿＿＿＿＿＿＿＿生　　日：＿＿年＿＿月＿＿日

身分證字號：＿＿＿＿＿＿＿＿＿＿＿＿

電　　話：(私)＿＿＿＿(公)＿＿＿＿(手機)＿＿＿＿

地　　址：□□□－□□

：＿＿＿＿＿＿＿＿＿＿＿＿＿＿＿

E-mail：＿＿＿＿＿＿＿＿＿＿＿＿＿＿＿

年　　齡：□ 20歲以下　□ 21歲～30歲　□ 31歲～40歲
□ 41歲～50歲　□ 51歲以上

性　　別：□ 男　□ 女　婚姻：□ 單身　□ 已婚

職　　業：□ 學生　□ 大眾傳播　□ 自由業　□ 資訊業
□ 金融業　□ 銷售業　□ 服務業　□ 教職
□ 軍警　□ 製造業　□ 公職　□ 其他＿＿＿＿

教育程度：□ 高中以下(含高中)　□ 大專　□ 研究所以上

職位別：□ 負責人　□ 高階主管　□ 中級主管
□ 一般職員　□ 專業人員

職務別：□ 管理　□ 行銷　□ 創意　□ 人事、行政
□ 財務　□ 法務　□ 生產　□ 工程　□ 其他＿＿＿＿

您從何得知本書消息？
□ 逛書店　□ 報紙廣告　□ 親友介紹
□ 出版書訊　□ 廣告信函　□ 廣播節目
□ 電視節目　□ 銷售人員推薦
□ 其他＿＿＿＿＿＿＿＿

您通常以何種方式購書？
□ 逛書店　□ 劃撥郵購　□ 電話訂購　□ 傳真　□ 信用卡
□ 團體訂購　□ 網路書店　□ 其他

看完本書後，您喜歡本書的理由？
□ 內容符合期待　□ 文筆流暢　□ 具實用性　□ 插圖生動
□ 版面、字體安排適當　□ 內容充實
□ 其他＿＿＿＿＿＿＿＿

看完本書後，您不喜歡本書的理由？
□ 內容不符合期待　□ 文筆欠佳　□ 內容平平
□ 版面、圖片、字體不適合閱讀　□ 觀念保守
□ 其他

您的建議：＿＿＿＿＿＿＿＿＿＿＿＿＿＿

＿＿＿＿＿＿＿＿＿＿＿＿＿＿＿＿＿＿

剪下後請寄回「22103新北市汐止區大同路3段194號9樓之1培育文化收」

請用膠帶黏貼

廣告回信
基隆郵局登記證
基隆廣字第200132號

221-03

新北市汐止區大同路三段194號9樓之1

培育文化事業有限公司

編輯部　收

請沿此虛線對折免貼郵票，以膠帶黏貼後寄回，謝謝！

為你開啟知識之殿堂